KB098737

나를 사랑하지 않는 사람에게

나를 사랑하지 않는 사람에게

이소호 에세이

목차

내가 아는
사랑의 모습은
이토록 남루하고
납작하다

여러 모습의 사랑을

견디지 못한 나와

나를 사랑하지 않는 사람에게

애도를 표한다

믿을 수 없는 **이야기**

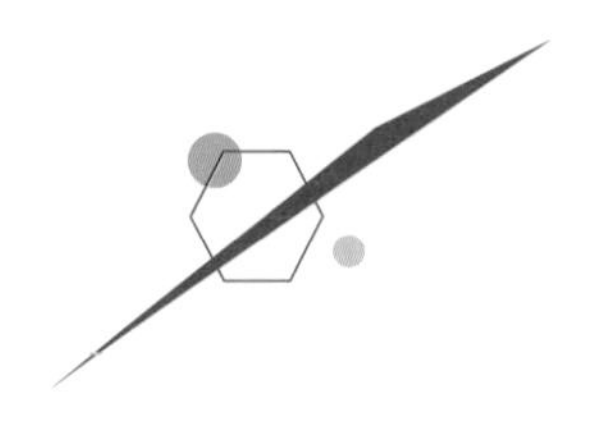

미술 작품을 보면 심심찮게 작가의 부부 관계에 대해 읽을 수 있다. 대부분 부인이 생활을 전담하며 그들의 남편은 앉아서 작품을 만들고 거기 더하여 무한한 서포트를 받았다. 심지어 모델을 구할 돈이 없으면 하는 수 없이 부인은 작품의 모델이 되어 영구 박제되기까지 했다. 나는 그런 생활을 읽어내며 이상한 기분이 들었다. 잠시 상상해본다. 그 남자의 모든 뒤치다꺼리를 끝낸 뒤에 지친 몸을 이끌고 그가 앉으라는 곳에, 가만히 앉았을 것이다. 그리고 그 모델일은 몇 시간 동안 계속되었을 것이다. 몸을 조금 움직이거나 생리적 현상으로 쉬고 싶었을 수도 있었겠다. 그러나 불행히도 부인의 남편은 예민하고 고고한 예술가였다. 고마워하지는 못할망정 태연하게 부인의 미래를 착취한다. 아이디어, 아름다운 리듬, 붓과 함께 나누었던 대화들로 대단한 작품 몇 점을 발표하고 나니, 부인은 이제 너무 시시하다. 부인은 멍청하다. 부인은 자신의 예술 세계를 이해하지도 못하는 것 같다. 답답하다. 그는 도망가고 싶어진다. 이제 자신과 부인은 어울리지 않는다고 생각한다. 그리고, 늘 그렇듯 떨어진 창작 욕구를 되찾기 위해 새로운 여성을 찾는다. 전에 그랬던 것처럼 자신의 모델이 되며 자신의 예술 세계를 동경하며 자신을 뒷바라지할 다른 여자와 새로운 살림을 차린다. 이게 현대미술의 클리셰다. 작품 뒤에 숨겨진 영원한 사랑은 없다. 그들은 늘 창작을 핑계로 노동력 착취를, 변색한 사랑을 정당화했다.

그러므로 이 작품은 위의 사례와 마찬가지로 어떤 불행한 예술가가 한 땀 한 땀 손수 지은, 여러 사람에 대한 단 하나의 이야기이다. 거짓과 진실이 뒤섞여 독자는 영원히 알 수 없는, 아주 불평등한 이야기. 나는 남편들이었던 그들의 위치를 전복하여 선점해보려 한다. 창작을 핑계로 손쉽게 갈아탄 흔적들을, 여기 둔다. 이 글을 읽는 당신은 나에 대해 어디서부터 어디까지 믿어줄까. 이게 전부 거짓이라고 선언해도 과연 믿어줄까?

믿고 싶은 만큼 믿으면 되는 이 이야기는 그렇게 태어났다.

에세이와 소설 그 경계를 지우며.
선택은 모두 독자들의 몫이다.

믿기지 않는 이야기

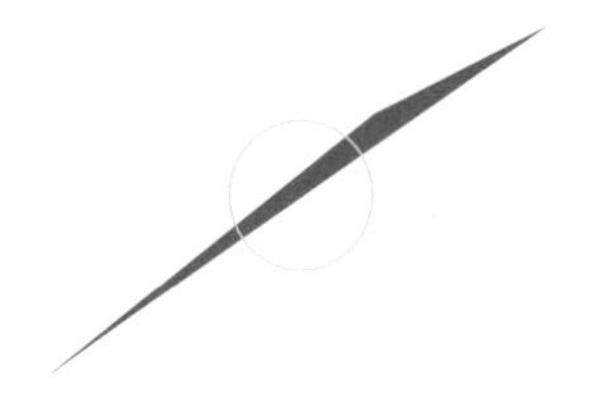

며칠 전에 한 남자에게 기나긴 편지를 썼다. 다시는 나를 우습게 보지 말라는 짤막한 말을 아주 기나긴 편지로 적었다. 기저에 분노와 사랑이 깔려 있었던 그 글은, 쓰면서도 보내면서도 정말 통쾌했다. 그러나 이상하게도, 그의 목소리로 직접 사과의 말을 들으니 울컥 눈물이 쏟아졌다. 그래서 나는 눈물범벅이 된 채로 그의 사과를 받아들였다. 아—. 이번에도 이렇게 쫑났다.

좋아한다는 마음이란 뭘까? 무엇이기에 사람을 이토록 이상하게 만들까. 나는 생각한다. 마음은 나를 지질하게 만드는 것은 물론이고, 상대방의 마음도 아주 이상하게 변하게 만든다. 우습게 보지 않았다고 결백을 주장해도 결국 우습게 보았다고 내가 느끼게 만드는 괴상한 세계로 넘어가게 된다.

나는 그가 내게 주었던 책을 펼친다. 거기에 써 있는 여러 가지 사랑 이야기를 우리의 이야기와 겹쳐본다. 우리는 어디서부터 잘못된 것일까. 내 인생을 구원할 왕자님이 아니라 그냥 하찮은 행인1이 되어버린 것을 그는 알고 있을까. 당신뿐만이 아니라 나 역시 이제 '함께'라고 적힌 지문 앞에서는 대사도 없이 걷고, 침묵으로 스쳐지나간다. 막은 천천히 내려간다. 주인공 소호는 생각한다. 이제는 '짝사랑'이란 단어 자체를 탓하기 시작한다. 이 단어는 애초에 슬픈 결말을 내포하고 있는 게 아닐까 생각한다. 국어사전에 등재된 뜻처럼, 한 사람만이 상대를 하염없이 바라보고 있으며, 둘이 한마음이 되는 일은 거의 발생하지 않는다는 바로 그 말.

이번에도 예상했던 것처럼 나의 사랑은 실패였고, 그 실패는 누군가에게는 인생의 재미있는 한 문장이 되었다. 돈보다 시간이 아까운 서른넷. 그러므로 주저앉아 우는 대신, 발 빠르게 다음 문단으로 척척 넘어갈 수밖에 없는 나는 허겁지겁 일어나 다음 장면을 준비한다. 이번에 사랑하게 될 사람은 누구일까? '쓰레기라도 좋아.' 아무거나 주워먹다 탈이 나버린 나는 이번에도 또, 또, 셰익스피어 4대 비극에 버금가는 한 장면에 서 있다. 죽느냐 사느냐 이제 그것은 문제도 아니다. 나는 홀로 뜨거운 핀 조명을 받으며 식은땀을 줄줄 흘린다. 당신은 객석에서 나를 물끄러미 바라본다. 이제 나의 모든 몸짓은 한낱 구경거리에 지나지 않는다.

어서 다음 페이지로 넘어가야만 한다.

이 챕터는 너무 거대한 슬픔이다. 그 슬픔은 당신으로부터 시작되었다. 나는 다시 연필을 쥐고 필사적으로 쓴다. 그러나 나는 내가 쓴 대로 움직이지 못한다. 처음부터 끝까지. 네가 불러준 대로, 너에게 쓰인 대로 천천히 몸을 움직인다. 그리고 그걸 사랑이라고, 믿고 의심하지 않는다.

나는 여전히 당신의 지문대로 움직인다.

거기 그대로 있으라는 말이 괄호 안에 남겨져 있을 뿐이다. 우리는 비밀스럽게 잠시 사이를 두었다.

얼마나 지났을까.

아주 오랜 기다림 끝에 네가 말했다.

"빨리 다음 문단으로 가자."

나는 네가 말한 그곳이 어딘지도 모른다.

그래도 갈 것이다.

분명 네 손을 잡으면 지옥이 시작되는 줄 알면서도.

좋다는 말은 이제 부족하다고 생각했다.
얼마나 어떻게 좋은지 쓰고 싶다. 구체적으로.

너는 너무나 빛난다.
덕분에 나는 너와 닮고 싶었다.
몸짓 하나하나에 깊고 낮은 목소리까지.

그래서였을까.
너는 너무 좋은 사람이었기 때문에
나는 번번이 쓰기에 실패했다.

관계에서 공백이란 당사자도 알 수 없이 찾아온 거대한 사고 같은 것이라면, 여백은 다분히 의도의 세계이다. 그러므로 같은 사람일지라도 같은 시간, 같은 장소에, 아무것도 적히지 않는다고 해도 공백과는 다르게 여백은 아름다울 수 있다.

이것은 당신을 위해 적혀진 실제 나의 메모이다. 실패로 끝났더라도 의식의 자락에 피어난 이것은 아름다움의 뒤편이 지닌 애달픈 여백임을 분명하게 선언한다.

나는 정신과 약을 복용하는 환자다.

블랙아웃을 동반할 수밖에 없는.

블랙아웃에는 내가 알지 못하는 내가 산다.

그러나 약을 먹지 않으면 다음이 없다.

나는 내일의 나를 위해 오늘의 나를 지우며 살아가고 있다.

약을 먹어도, 약을 먹지 않아도 여러 가지 고통이 뒤따르는 것은 같다. 사실 약을 먹는다고 해서 뭔가 달라지는 건 아니다. 그러나 약을 먹지 않으면 알 수 있다. 약이 얼마나 많은 고통으로부터 나를 자유롭게 하는지. 그후에 후유증이 있는 것 역시 분명하다. 그러므로 정신과 약은 고통을 잊기 위해 먹는 것이지만 다른 고통이 뒤따른다는 것을 명심해야 한다.

우선 약을 먹기 전 나의 가장 큰 증상은 대중교통을 이용하기 어렵다는 것이다. 요즘에는 코로나를 핑계로 당당하게 택시를 타지만 사실 나는 대중교통을 이용하는 것을 굉장히 어려워했다. 사람들 사이에서 숨이 막히는 것을 견디지 못하는 경우가 대부분이라, 온갖 구박을 받아도 택시를 탔다. 이는 굉장히 고비용이라서 프리랜서인 내가 감당하기는 어려웠다.

다음으로는 과호흡이 있다. 얼마 전 좋아하는 사람이 생겨서 약을 끊고 싶어졌을 때의 일이다. 나는 온전한 마음으로 그와 만나고 싶었다. 건강해지고 싶었다. 그리고 그를 만나면서 내가 누군가에게 마음을 건넬 여유가 생겼다는 건 건강하다는 것과 같은 의미라고 생각했다. 그래서 나는 의사의 동의 없이 '마음의 여유'를 가졌다는 이유로 약을 끊었다. 그리고 며칠이 지나지 않아 여느 때와 마찬가지로 먹고는 살아야 했기에 문학 행사를 하러 갔다. 무대에서 수십 명의 독자가 나를 보고 있다는 기분을 느끼며 가만히 앉아 있은 지 몇 분이 되었는지 모르겠다. 나에게는 일 분이 한 시간보다 길게 느껴졌다. 어느덧 내가 낭송할 차례가 되었고 제목부터 더듬더듬 준비된 원고를 읽는데, 목구멍이 막히는 경험을 했다. 핀 조명 아래서 나는 숨을 쉴 수가 없었다. 그때 오만 가지 생각을 다 했다. '여기서 내가 졸도한다면 나는 환자로 낙인찍혀 다시는 문학 행사를 할 수 없겠지' '나는 유일한 생활 터전을 잃겠지' 그런 바보 같은 생각을 하며 글을 겨우 읽어내려가며 "미안합니다" 사과했다. 다행히 웃기고 슬픈 부분을 읽고 있었기에 사람들은 그 부분에 내가 감정 이입을 했다고 생각했고 깔깔 웃으며 유야무야 넘어갔다.

집에 오면서 나는 함께 간 동료 작가에게 말했다. "약을 끊었다고 바로 이런 일이 일어날 줄 몰랐어. 나 죽을 뻔했어. 숨이 쉬어지지 않는 거야." 그는 전혀 티가 나지 않았다고 말했다. 행사는 너무 재미있었다고. 아무도 몰랐고 심지어 프로페셔널해

보였다고 했다.

가장 힘든 부분은 내가 아주 약간의 알코올과 함께 약을 먹으면 그 당시의 기억이 전혀 나지 않는다는 것이다. 나는 술을 좋아한다. 맥주도 좋아하고, 소주도 좋아하고, 양주도, 와인도 좋아한다. 술이라면 가리지 않는다. 술을 마시는 것은 유일하고도 정기적인 취미이자 기분이 가장 좋을 때 하는 일이다. 그러나 술은 사람의 기분을 띄우고 실수를 유발한다. 게다가 나는 기분에 따라 행동하는 엉망진창인 인간이기 때문에 중요한 자리에서는 그나마 정신을 똑바로 차리고 있다가 택시를 타자마자 필름이 끊기는 그런 생활을 이어갔다. 하지만 내가 좋아하는 사람 앞에서는 감정을 주체하지 못하고 실수를 연발했다.

나는 그와 오래 있고 싶은 마음에, 늘 술 약속을 잡고 술을 마셨고, 기억도 하지 못할 실수를 크게 크게 저질러놓고 다음날이면 사과하는 일을 반복해야 했다. 마음이 앞서면 일을 그르치게 된다는 것을 분명 배웠는데, 배움과는 다르게 마음과 몸은 따로 놀았다. 젠장. 나는 또 나를 망쳤다. 시간을 되돌릴 수 있다면 얼마나 좋을까. 미안하다고 하고 다 끝낼 수 있다면 얼마나 좋을까. 그러나 그런 일은 일어나지 않는다. 그는 만취한 나를 보며 조금씩 변한다. 나는 변해가는 그를 보며 자책하기 때문에, 더 많은 약이 필요해진다. 점점 피폐해진다. 간을 버리느냐, 그와의 만남을 포기하느냐의 기로에서 나는 고민했다.

“술을 마시지 않으면 되잖아.”
“술을 마시지 않으면 그와 오래 있을 명분이 없잖아.”

그러한 이유로 나는 위험한 걸 알면서도 약을 먹고 술을 마셨다. 그는 단 한 번도 내게 술을 강요한 적이 없다. 약을 얼마나 먹는지도 알지 못한다. 약속을 잡는 것은 언제나 내 쪽이었으니까. 모든 시작과 끝은 언제나 내 쪽이었다. 기억이 나지 않는 깜깜한 세계가 뒤따랐지만, 그 세계는 그가 다 덮어주었으므로, 괜찮지만 괜찮지 않은 것이 되었다. 나는 나도 잘 모르는 뚝 떼어놓은 그 세계에서도 한결같은 마음을 털어놨다. 당신을 참 좋아한다고. 좋아하기 때문에 좋은 사람이 되고 싶고, 이 말을 기억하기 위해 나는 열심히 살아보겠다고. 더는 불안해하지 않고 더는 슬퍼하지도 않을 거라고 말했다. 그는 자신 덕분에 좋은 사람이 되겠다는 나를 응원해주었다.

물론 술자리가 끝날 때쯤이면 만취한 이소호에 의해 그것은 다 빈말이 되었다.

“정말로 좋은 사람이 되고 싶었어. 건강한 사람 말이야. 아픈 사람은 싫거든. 아무튼 술을 끊으면 그와 오래 못 있으니까 약이라도 끊으려고 했었지. 그런데 그게 정말 위험한 결과를 낳더라."

"무슨 결과를 낳았는데?"

"뭐랄까, 일상생활을 하지 못했어. 그래서 다시 약을 먹었어."

"약을 먹고 나서는 어떻게 됐는데?"

"좋은 사람만 빼고 다 됐어. 진상이 됐지."

"네가 너를 망쳤구나."

"응. 그래서 난 누구를 탓할 수도 없어. 전부 내 잘못이야."

친구와 전화를 끊고 나는 생각해보았다.

술꾼이 나았을까. 환자가 나았을까.

아무리 생각해도 둘 다 최악이다.

그런데도 내가 이 이야기를 공백이 아닌 여백이라고 말하는 이유는 단 하나다. 이것은 내가 의도한 것이다. 내가 선택한 것이다. 나는 네가 너무 좋아서 약을 끊어보기도 했고, 너를 너무 좋아해서 술꾼이 되어보기도 했다. 물론 그에 뒤따르는 세계는 내가 짐작할 수도 없는 깊은 어둠이었다. 나는 그 깊이가 너무 두려운 나머지 가늠해보려 한 적도 없다. 그 깊이를 아는 것은 오직 그뿐이다. 그가 오롯이 그 깊이를 버텨준 덕분에 나는 그와 오래오래 있을 수 있었다. 적어도 그 순간만큼 우리는 동료도 친구도 아니었다. 내가 만든 자리에 그는 가만히 앉아 있었다. 언제나 예의를 차리며, 그 예의가 불편하게 느껴질 만큼 그는 모든 순간 최선을 다했다. 그러나 내가 그를 좋아하기로 선택한 것처럼, 그에게도 드디어 선택할 시간이 왔고 이렇게 답했다.

"동료로 지내는 게 좋겠어요. 소호씨."

"알겠어요. 저도 지난 계절 너무 즐거웠어요."

내가 원하던 대답은 절대로 아니었다. 하지만 나는 이해할 수 있다. 아픈 여자를 좋아하는 사람은 없다. 진상을 좋아하는 사람도 없고, 술꾼을 좋아할 사람도 없다. 그냥 시간을 많이 가지면 다가올 거라 생각했던 내가 바보였다. 우리에겐 적당한 시간과 적당한 거리가 알맞았다. 그걸 이제야 알겠다. 지금 이 글을 쓰며 깨달은 나는, 후회가 밀려온다. 모처럼 좋은 사람이 될 기회였는데, 깡그리 날린 기분이 드는 것은 왜일까.

나는 그와 마지막으로 데이트다운 데이트를 했던 날을 떠올린다. 우리는 그림을 보러 갔고 그 전시는 굉장히 상업적인, 말 그대로 인스타 업로드용 전시였다. 나와 그는 그림을 보러 갈

이 들어갔지만, 나올 때는 따로 나왔다. 나의 속도는 빨랐고, 그는 느렸다. 뭔가 우리다웠다. 내가 그림을 후다닥 보고 나와서 밖에서 그를 기다린 지 한참이 지났을 때, 그가 나왔다. 나와서도 그는 아직 덜 본 것 같다며 아쉬워했다. 나는 심지어 밖에서 그를 기다리는 동안 휴대폰 메모장에 그 전시에 대한 리뷰까지 다 썼는데 말이다. 손으로 터치하면 반응하는 이미지들에 흥미가 없었던 나는 세세하게 보지 않았다. '아 파도구나. 이 파도는 내가 만지면 센서로 그것을 감지해 움직이는구나. 꽃은 내가 손을 대면 피어나는구나.' 연인들이 서로 사진 찍어주는 것을 보면서, 사람들에 가려 그림은 하나도 보지 못한다는 것을 깨닫고 밖으로 나왔는데, 그는 소호씨도 혹시 사진을 찍고 싶은데 부탁하기 어려워서 그냥 나간 게 아닐까 생각했다고 한다. 우리는 애초에 이 순간을 대하는 것부터가 아주 많이 달랐다. 그러니까 그 작품들은 주인공이 뒤섞인 것처럼 어색했다.

"전시 어땠어요?" 그에게 물었다.

"전시는 나름대로 장점이 있었어요. 재미도 있었고요."

그에게 나쁜 것은 없다. 좋고 싫음이 분명한 나와는 달랐다. 그는 거기서도 좋은 점을 찾으려 애썼다.

"소호씨는 어떤 그림을 좋아해요?"

"저는 단색화나 추상화를 좋아해요. 상상할 수 있잖아요. 일단 캔버스의 호수가 커야 해요. 한 벽면이 전부 캔버스이고 거기에 아주 작게 그림이 그려져 있어도, 한 가지 색으로 덧칠만 되어 있어도 좋아요. 그냥 여백이 많을수록 좋아요. 저렇게 작품끼리 간격이 없는 것도 싫고, 모두가 인증샷을 찍을 수 있고 쉽게 복제될 수 있는 것은 싫어요."

"취향의 차이니까요. 저는 나름 좋았어요. 예쁘잖아요. 시대에 따라서 예술을 소비하는 방식도 저렇게 달라질 수 있는 거니까요."

그에게는 뭐든 틀린 마음이 없다. 다른 마음이 있을 뿐이다.

나와 다른 마음을 먹었을 뿐, 단 한 번도 내가 잘못되거나 틀렸다고 한 적이 없다. 하나의 그림을 두 개의 시선으로 관람하듯 그는 나를 다르다고 생각했다. 그 덕분에 그나마 그때까지 우리가 우리로 묶일 수 있었다.

지난 12월의 달력을 본다. 당신의 이름이 한 달에 두 번 적혔던 일정을 본다. 흰 캔버스에 점이 두 개 있는 것 같았다. 그 두 날은 정말 잊을 수 없는, 아름다운 날들이었다. 그것만으로도 알 수 있었다. 너는 영락없이 내가 좋아하는 그림을 닮아 있었다.

거대한 달력 위에 얹힌 네 이름 두 개.

달력은 내 방 벽을 채우고 있다.

이것은 어떤 환자가 했던 짝사랑에 대한 이야기다. 나의 깊은 어둠을 덮어준 그와, 그가 찍어놓고 간 두 점과 그 사이의 여백을 그리워하는 내가 적은 하나의 이야기. 아니, 어쩌면 그 나머지가 빽빽이 채워져 있고 거대한 구멍만 두 개 덩그러니 남은 완전히 다른 또하나의 이야기. 혹은 완전히 다른 두 개의 이야기.

공백

나는 무인도에 떨어져 있다. 어떻게 이곳에 오게 되었냐고 묻지 마라. 나는 내 고통으로 피칠갑을 한 윌슨이란 친구와 단둘이서 이야기를 나누고 있다. 윌슨. 나는 이제 알겠어. 나는 기다리는 사람이야. 그 사람을 좋아하는 순간부터 나는 기다리는 사람인 것이야. 한없이 약자이지. 물론 탈출을 시도하지 않은 것은 아니야. 하지만 잔잔한 파도에도 불어오는 바람에도 뗏목은 부서졌고, 물고기떼의 습격을 받기도 했지. 말 그대로 실패를 매일매일 맛보았어. 가장 쉬운 일은 그가 나를 구해주는 것이니까, 훗날에 나는 해가 뜨면 그의 연락을 기다리고 해가 져도 그의 연락을 기다리기만 해. 내가 할 수 있는 것은 기다림뿐이야. 이 섬의 구원자는 단 한 사람이거든. 또다른 사랑으로 넘어갈 때까지 나는 이 섬을 탈출할 수 없어.

이것은 죽은 대낮의 시간에 대한 이야기이다. 너에게 '나'는 안중에도 없다. 내가 너를 생각하는 만큼의 절반이라도 나를 생각했다면 나는 이 시간을 '무인도'라고 부르지도 않았을 것이다. '시차'라고 부르지도 않았을 것이고, 나를 영화 〈캐스트 어웨이〉의 주인공으로, 대답이 없는 것이 당연한 무생물을 유일한 친구로 느끼지도 않았을 것이다. 마치 어떤 사고 같은 것이었다. 너에게 스쳐가는 바람이었을 법한 이야기들이 나에게는 사랑으로 다가오기 시작하면서 너는 도망쳤다. 그러나 나는 너에게 진심이었기에, 너를 바라보는 그 모든 시간을 섬기기 시작했다. 너는 오지 않는 그 섬에서 나는 너를 기다린다. 24시간이 모자라다. 동굴 벽에 섬세하게 글씨를 새기듯이 나는 너에게 연락을 해본다. "뭐해?" 답은 없거나, 성의 없다. 감정이 전부 배제된 대화만이 남는다. 그냥 미안하다는 말 뒤에 붙는, 상투적인 대화가 기다리고 있을 뿐이다. 나는 그의 대답으로 이미 다 알았다. 차라리 눈치가 없었으면 좋겠다고 느꼈을 정도로. 그러나 불행히도 여전히 나는 너를 사랑한다. 나는 약자다. 그가 부르면 언제든지 달려가는 나는, 늘 기다렸다. 네가 시간이 남아돌아 술이나 한잔하고 싶을 때 나한테 연락할 수 있도록. 그러니까 있을지도 없을지도 모를 약속 하나를 위해 나는 내 시간을 모두 비워야 했다.

어르신들은 옳은 말씀을 많이 하신다. 하지만 세월의 흐름에 따라 사람들이 순리대로 살지 못해서인지 요즘에는 어른들 말씀에 틀린 것이 많아졌다. 예를 들어 "사람의 진심은 언젠가 통한다"는 말. 그러나 진심은 언제나 진다. 진심은 언제나 가벼운 마음보다 약하다. 손해를 볼 수밖에 없다. 기다리는 자의 숙명이란 언제나 그런 것이다. 너를 사랑하고 하염없이 기다리는 것을 들키는 것조차 수치와 죄가 되는 짝사랑의 세계. 나는 그만 네가 없는, 너의 섬으로 떨어지고 말았다.

나는 이곳이 어디인지 모른다.

그러나 그것만큼은 안다.

나는 혼자이고, 내 지질한 이야기를 들어줄 친구는 이곳의 윌슨뿐이다.

그러므로 윌슨에게 편지를 쓴다.

윌슨, 나는 아침 일찍 일어난다. 여섯시에서 일곱시 사이. 어제 쓴 글을 살핀다. 두 번 쓴 수사는 없는지, 비문이 있지는 않은지 확인할 뿐이다. 두 번만 읽어도 내 이야기라 그런가 지겹다. 내가 잠에서 깬 걸 귀신같이 알아챈 엄마가 외쳤다. "와서 밥 먹어. 지금 안 먹으면 짤 없어." 하지만 엄마가 모르는 것이 있다. 나는 초콜릿 세 조각으로 하루를 연명할 수 있다. 그 초콜릿을 먹으면서도, 나는 틈틈이 네 생각을 했다. 네 생각을 하면서 유튜브를 봤다. 커피를 마시면서도 네 생각을 했다. 나는 심각한 OTT 서비스 중독으로 이젠 영드나 일드를 다 떼고 러시아 좀비 드라마까지 보기 시작했다. 디스토피아와 아포칼립스 세계관은 내가 제일 좋아하는 것인데, 하도 많이 보다보니까 감흥이 없다. 그냥 돈 많이 들인 티 나는 콘텐츠는 너무 많이 보았으니 서사적으로 신선한 세계가 펼쳐지길 바랄 뿐이다. 나는 그런 드라마를 보면서 재난을 준비한다. 그들은 닥치는 대로 가방에 허겁지겁 짐을 싼다. 그 급박한 와중에도 감성만큼은 잃지 않으려고 가족사진이 들어 있는 작은 액자를 챙기는 모습은 너무 뻔한 클리셰라고 생각한다. 나 역시 그것을 보며 재미있는 상상을 한다. 가방에 무엇을 넣을 수 있을까. 친구들과 어렸을 때

했던 심리 게임이 생각난다. "무인도에 세 가지만 가지고 갈 수 있다면 무엇을 가지고 갈 거야?" 나는 일단 타자기를 가져가겠다. 그리고 불붙이는 도구를 가져가겠다. 마지막으로 너를 가져가겠다. 그러나 생각해보니 너는 가져갈 수 없다. 너는 생물이다. 가져가는 순간 내가 겨우 살려놓은 지금 이 세계관이 무너진다. 그러므로 네가 아닌 물주머니를 가져가겠다.

OTT 서비스는 내게 베어 그릴스가 갓 잡은 곰을 익히지 않고 어떻게 먹는지 알려주고 있다. 이 섬에서 네가 준 선물들은 생존하는 데에 가치가 있는 물건인가? 그는 나에게 케이크를 주었다. 뭔가 더 준 것 같은데 기억이 나지 않는다. 엄마가 그러는데, 단번에 생각이 나지 않으면 안 준 거나 다름이 없다고 했다. 아. 향초와 책을 줬다. 시집. 꼭 맞춘 것도 아닌데 세 개다. 기다림의 섬에서도, 무인도에서도 가치가 없는 물건이다. 사랑이 전혀 연명되지 않는 불필요한 물건이다. 케이크는 이미 먹혔고, 좋아하지 않는 향이라 향초는 모셔만 두고, 책은 그냥 잘 꽂혀 있다. 책은 버려지지는 않겠지만 그것 역시도 내 취향은 아니다. 그러므로 네가 준 모든 것은 나의 섬에 불필요한 것이다. 네가 섬에 필요한 것을 주고 싶었으면 오래도록 내 기억에 남는 무엇을 줘야 했다. 계속 네가 생각날 수밖에 없는 것. 그렇게 너는 네 땅에 오래오래 낙인을 찍어야 했다. 나의 섬에 필요한 것을 알려주겠다.

나의 섬에는 일단 네가 필요하다. 그냥 네가 필요한 게 아니다. 성실한 네가 필요하다. 내가 입력하지 않아도 알아서 자동 출력되는 네가 필요하다. 나를 여성으로 보고, 나를 조심하고, 존중하는 네가 필요하다. 그리고 비밀을 잘 지키는 네가 필요하다. 도대체 언제까지 입조심을 시켜야 할지 모르겠는데 자꾸 입을 함부로 놀릴 때마다 화가 나서 죽겠다. 너는 아직 이기적이고, 너는 너만 잘 살아가는 게 중요하므로, 나와 친구인 사람들 앞에서 있어 보이고 싶은 나머지, 말하지 말라고 전화까지 했는데, 내가 사준 것들에 대해 떠벌렸다. 나는 나의 분노 치사량을 목격했다.

하지만 저는 왜 벗어나지 못하는 거죠?

지독한 이 섬을.

변심할지도 모르지만 일단 나는 오늘 스스로 짝사랑을 끝냈다. 사실 짝사랑은 끝내고 말고 할 것이 아니다. 시작하지 않았다고 우길 수도 있고, 생각해보니 이 모든 것들은 아무것도 아니었다고 말할 수도 있다. 하지만 나는 진심으로 좋아했다. 너무 좋아해서 섬 밖으로 나가고 싶지 않았다. 지금도 해변에서 저멀리 나를 태우러 오는 배를 바라보며 나뭇가지 하나를 집어 들어 네 이름을 쓰고 쌍욕도 같이 썼다. 모래사장에 구덩이를 파고 가만히 봉분처럼 누웠다. 아 씨발. 나는 결국 떠나지 않았다. 좋아한다는 것은 그런 것 같다. 그냥 쟁취하는 것은 불가능한 것 같다. 쟁취하는 것 역시 상대가 나에 대한 마음이 1%도 없으면 불가능하다. 그리고 커리어적인 면모에서 동경하는 것과 이성적 감정을 절대로 헷갈리면 안 된다. 나는 나를 좋아해주는 사람이 단지 내가 시인이라서가 아니라, 여성으로서도 매력을 느껴서 좋아했다고 생각했다. 그래서 나 혼자 김칫국을 마시고 찬란한 미래를 꿈꿨다. 생각해보니 그건 전부 착각이었다. 나는 여자가 되고 싶은 마음이 앞섰기에 그 같은 실수를 저지른 것이다.

그러므로 윌슨. 나는 시간을 다시 쓰고자 한다. 어떤 사랑은 구기 종목처럼 보인다. 같은 공이지만 규칙도 완전히 다르고, 타임라인도 완전히 다르다는 것을 나는 이번에 알았다. 그래서 그 시간에 내가 그에게 했던 모든 행동에 대해 사과한다. 몰랐다. 무지했다. 나에게 너무 관심이 많길래, 나는 그게 진정으로 이성적 호감인 줄로만 알고 대단히 착각했다. 그가 도망가더라도 이해한다. 지금까지 썼던 수많은 시간과 점점 길어지는 연락의 텀은 모두 내가 그에게 준 것이다. 그럴 수밖에 없도록 내가 만든 것이다. 그는 나 때문에 여러 관계에서 불편해졌고, 그 불편함으로 인해 이러지도 저러지도 못하는 상황을 아주 힘겹게 견디고 있다. 사랑이 죄지. 내가 죄지. 매일 말했다.

시간은 방금 2시 12분이 되었다. 내가 정말 많이 기다려서 받은 답장은 내일 연락하자는 성의 없는 문자였다. 나 역시 문자를 읽고 씹었다. 하지만 정말 웃긴 것은 나는 그의 문자를 계산 하에 씹었고, 그가 다시 문자를 하지 않을까 전전긍긍하며 카카오톡 방을 온종일 들락날락했다. 결국 오늘도 모든 시간과 신경을 쓰는 것은 나 자신이며, 그 자체가 이 파이 싸움에서 내가 약자임을 증빙한다. 오늘도 그는 나를 방치한다. 나를 조금도 죄어오거나, 나를 궁금해하지 않는다. 나를 아프게 하지 않는다. 나를 괴롭히지 않는다. 그러나 나는 그로 인해 그의 어떤 감정선 안에서 완전히 동떨어져 있음을 느낀다.

"나는 너에게 뭐야?"

"동료지."

'나'는 '너'에게 정말로 동료인가?

내가 너로 자라는 일은 정말 불가능한 일인가?

그게 아니라면 말을 다시 정리해서 질문한다.

'나'는 '너'에게 영원히 자랄 수 없는 존재란 말인가?

나는 섬에서 저멀리 해를 삼키는 수평선을 바라보고 있다. 저렇게 뜨겁게 타오르던 것도 시간이 되면 잠기는구나, 서늘한 밤이, 그 밤이 찾아오는구나. 그런 생각을 떠올렸다.

어쨌든 나는 여전히 무인도에 있다. 윌슨과 함께.

너에게 불편한 존재가 되어버린 나는 돌이킬 수가 없기 때문에 앞으로 걸어갈 수밖에 없다. 나는 안다. 내일은, 또 내일의 태양이 떠오를 것이다. 그리고 수평선 역시 어제처럼 내일 저 빛나는 해를 감출 것이다. 매일 일어나는 일들처럼. 그러므로 해가 지나간 자리의 바다, 섬과 섬의 너비, 이 거대한 공백은 매일매일 적히고 너에게는 영원히 닿지 않음으로 매일매일 사라진다.

무인도에 가져온 타자기를 꺼냈다.

너에게 편지를 쓴다.

"안녕. 여기는 섬이야. 나는 난파선을 타고 끊임없이 표류하다 다시 계속해서 이 섬으로 돌아오고 있어. 네가 아니라면 아무도 없고, 아무도 오지 않는, 그 섬으로 말이야."

짧은 이생을 모아
가장 쓰고 싶은 글은 너였다.

나는 지금도 생각한다.
쓰이지 못한 너를,
몇 번을 쓰려다 쓰지 못했던 너를
생각한다.

나의 결혼 정보 회사 후기

아무도 알지 못하는 이야기를 지금부터 해보려고 한다. 내 인생 가장 큰 돈지랄이었으며 나 말고는 아무도 알지 못하는 이야기다. 당시 나는 이십대의 말미였고, 퇴사 전이라 신용카드가 넉넉히 세 장이나 있었다. 보이스 피싱처럼 뭐에 홀렸는지 모르겠는데, 거친 회사 생활 중에 나는 한 통의 전화를 받았다. 너무나 따뜻한 목소리를 가진, 이미 나를 조금 알고 있던 그 사람은, 술김에 가입을 해놓고 잊고 있던 소개팅 앱 회사의 직원이었다. 그 누구와도 만나지 않고 매칭도 되지 않았던 내게 등급을 업그레이드 해주겠다는 제안이었다.

일단 그 소개팅 앱에 대해서 잠시 소개하고 넘어가고 싶다. 그 앱은 굉장히 이상한 앱이다. 직업이나 학력이 인증된 사람들, 엄격한 심사를 거친 사람들만 등록할 수 있는 것으로, 몇 시간이 지나야 내가 가입 승인이 되었는지 알 수 있었다. 가입 자체에 진입 장벽이 높았다. 그리고 힘들게 가입해 들어와보면 하루에 단 두 명을 소개해주고 마음에 들지 않으면 다음날까지 기다려야 하는 완전 폐쇄적인 앱이었다. 그런데, 거기서 나를 가장 높은 등급으로 올려준다니, 갑자기 내가 뭔가 된 기분이었다. 그렇게 나는 눈뜨고 코를 베였다.

우선 업그레이드 가입을 새로 하려면 면접이 필요하다고 했다. 면접? 나는 그 말에 더 신뢰가 갔다. 면접으로 내가 업그레이드가 가능한 인물인지 알아봐야 한다고 했다. 그런데 운명적으로 그 회사는 당시 나의 회사에서 걸어서 5분 거리에 있었다. 퇴근하고 찾아가보겠다고 했다. 나는 떨리는 마음으로 퇴근 시간을 기다렸다. 지루한 내 일상에 누군가 희망을 안겨준 기분이 들었다. 회사에서는 내가 갑을병정 중 을병정이었는데, 여기서는 내가 하이클래스라니 기분이 너무 좋았다. 여기서만큼은 내가 갑이었다. 모두가 나를 원하고 있다. 그런 생각을 하면서 나는 퇴근 후 곧장 앱 회사 본사로 갔다.

본사로 가보니 알았다. 그곳에서는 그러니까, 앱으로 사람을 꼬고, 거기서 괜찮은 사람을 업그레이드라는 명목으로 결혼 정보 회사에 가입시키는 것이다. 들어보니 꽤 그럴듯했다. 면접에서는 나의 재산과 능력을 알아보는데, 그때 그들의 말로는 나는 나이와 외모, 시인이라는 것 말고는 그렇게 큰 메리트가 없는 존재라고 했다. 업그레이드를 시켜준다더니 앉혀놓고 나를 후려치기 시작했다. 그러니까 그들에게 나는 돈이 조금 있는 예술가, 예쁘고 나이 어린 예술가였다. 그들이 보기에는 괜찮은 먹잇감이었을 게 분명했다. 그리고 나는 결정적으로 귀가 얇다. 물건도 언제나 충동적으로 구매한다. 생각을 별로 하지 않는다. 오늘 기분이 저것을 원하면 사는 것이다. 그래서 나는 그들의 설명에 점점 홀리기 시작했다.

"고객님은 일단 열 분의 업그레이드 스펙으로만 골라두셔도 좋은 분이랑 바로 매칭될 수 있으세요."

"매칭이 열 명 안에 안 되면 돈을 다 날리게 되는 건가요?"

"1년 동안 무제한으로 만날 수 있는 상품도 있어요."

나는 갑자기 틴더(또다른 소개팅 앱)의 악몽이 생각났다.

"아니요, 많이 만날 필요 없이 중요한 사람 몇 명이면 되겠죠. 그런데 업그레이드 스펙이 뭐예요?"

"'사' 자 들어가는 직업이거나 본인 사업체를 가지고 있는 분들입니다."

"그런데 그 사람들이 뭐가 아쉬워서 여기 결혼 정보 회사에 들어오죠?"

"고객님도 여기 오셨잖아요. 그분들은 일만 하느라 사람을 만날 기회가 없어서 저희에게 만남을 일임하는 경우가 대부분이랍니다."

"그럼 가장 중요한 질문을 하겠습니다. 가격이 얼마죠?"

"삼백오십만 원입니다. 고객님."

잠시 침묵.

"삼백오십이요?"

"평생의 반려자를 찾는데, 그것도 전문직인데 삼백오십만 원은 아무것도 아니랍니다. 생각해보세요. 우리가 백화점에 가서 가방 하나를 사도 삼백이 훌쩍 넘는데, 그것보다 사람 하나를 얻는 게 훨씬 귀중한 일 아닐까요?"

직원의 말이 맞는 것 같았다. 평생의 반려자를 찾는데, 그렇게 큰돈으로 보기는 어려웠다.

"그런데 문제가 있어요."

"네, 고객님. 말씀하세요."

"제 카드는 한도가 얼마 안 되는데, 카드 몇 개로 나눠서 결제해도 될까요?"

"물론입니다. 고객님. 정말 좋은 짝을 만나실 수 있을 거예요. 내일부터 고객님의 담당 매니저가 생길 것이고, 그분께서 이상형과 스펙을 모두 까다롭게 따져서 우선 가장 좋은 열 분의 프로필을 보내드릴 겁니다. 그 가운데서 고르시면 되고, 상대방도 원하면 첫번째 데이트를 하시게 되는데 장소를 비롯하여 소개팅 진행에 필요한 부분은 전부 저희가 알아서 해드리고 있습니다."

그날 나는 삼백오십만 원을 썼다. 황당하지만 갑자기 여행 때도 노트북을 살 때도 해본 적 없는 최대치의 소비를 하고 집에 가면서 물질이 아닌 비물질에 돈을 쓴 것에 잠시 혼란스러웠다. 하지만 후회해도 소용없었다. 계약서를 쓸 때 쓰여 있는 문구를 봤다. 일단 매칭이 되면 돌려받는 돈은 꽤 적었다. 그러니까 무르기도 글렀다. 정말 좋은 사람을 만날 수도 있는 것이니까. 나에게는 그런 희망이 있으니까. 내가 여기 있어봤자, 예술판에서밖에 사람을 만날 수 없으니까. 다른 업계의 사람들을 만날 수 있는 유일한 기회이니 참아보기로 했다.

다음날 나의 담당 매니저라는 분으로부터 연락을 받았다. 그분은 굉장히 밝은 목소리로 최대한 스펙이 좋은 분들로 엄선했다며 나에게 그들의 이력서를 보내주었다. 이력서를 읽는데, 다 별로였다. 거기에는 개천 용 출신 의사도 있었고, 미국 회계사도 있었다. 담당 매니저한테 정말 미안한데, 전부 키도 작고 못생겨서 못 만나겠다고 했다. 그랬더니 매니저는 많이 놀랐다. 구체적으로 어떤 스타일을 좋아하시는데요? 물었다. 그래서 회사 화장실로 몰래 숨어 들어가서 줄줄 내 이상형을 읊었다.

"전에 계약할 때 팀장님께 말씀드렸는데, 전달이 잘 안 됐나봐요. 얼굴을 안 본다고 해도 저도 한계라는 게 있어요. 못생겨도 된다고 했더라도 어느 정도껏 못생겼으면 좋겠어요. 그리고 듬직한 스타일을 좋아합니다. 이왕이면 옷 입는 센스가 있었으면 좋겠어요. 예의도 차렸으면 좋겠고요."

매니저는 저녁 퇴근쯤 다시 전화를 했다. 내 이상형을 찾았다고 했다. 첫번째 미팅이니 엄청나게 신경을 썼다며, 변리사를 소개해주었다. 나의 회사 근처에 난생처음 들어보는 레스토랑을 예약했다고 전했다.

그리고 나를 이곳에 끌어들인 팀장이 갑자기 전화를 했다.

"고객님. 프로필 사진을 조금 청순한 느낌으로 바꾸셨으면 해요. 첫 매칭이니까. 잘되시길 바랍니다."

모두의 관심과 응원 속에서 나는 그놈의 '사' 자, 변리사를 만나러 갔다.

다 알겠지만 망했으니까 이 글을 쓰고 있는 거다. 망하지 않았으면 난 결혼에 성공해서 이런 글을 쓰지 못했을 거다. 아무튼 그 변리사는 진짜, 옷도 더럽게 못 입고 얼굴도 못생겼고 변리사인 것 말고는 가진 게 없다. 공덕의 오피스텔도 전세가 아니라 월세인 것 같았는데 뭐가 베스트 스펙이라는 건지 모르겠다. 게다가 그는 회사에서 하다 만 일을 오늘까지 끝내야 한다면서 한 시간 떠들다 갔다.

'아 씨발. 나 사기당한 기분인데?'

당장 매니저에게 전화를 걸어 따졌다.

"이봐요. 나보고는 프로필 사진까지 바꾸라더니 세상 못생긴,

한 시간 만에 집에 가는 사람을 소개해주는 게 어딨습니까?"

컴플레인을 걸고 환불을 요청하자 그는 여러 번의 기회를 더 드릴 테니 제발 남아 있어달라고 빌었다. 그때 나갔어야 했는데 귀 얇은 나는 그 요청을 수락했다.

다음에 만난 남자는 더 가관이었다. 애널리스트로 금융일을 하는 사람이었는데 시로 등단한 나를 앉혀놓고 문과를 개무시하기 시작했다. 나는 가만히 앉아서 듣고 있다가 결국 참지 못하고 그 사람과 대판 싸우고 왔다. 철학과 수학. 전부 한줄기에서 나왔다. 멍청하면 입을 닥치라고, 무시하고 싶으면 공부부터 하라고 망신을 주고 나왔다. 그랬더니 집에 돌아가는 길에 그에게서 끊임없는 사과 문자가 왔다.

나는 두번째 컴플레인 전화를 걸었다.

"상대방의 직업을 무시하는 사람을 소개해주면 어떡해요? 그리고 다시 한번 말씀드리지만 그 사람은 키도 작고 너무 못생겼어요. 환불해주세요. 말이랑 자꾸 다르잖아요."

매니저는 제발 있어달라고 자신의 개인사를 들먹이며 읍소했다. 나는 그래서 또 참았다.

그때 나갔어야 했는데.

아직 끝나지 않았다. 다음 남자의 키는 분명히 172라고 쓰여 있었다. 다들 알겠지만 세상의 모든 키 작은 남자의 프로필 키는 172다. 나는 그걸 알고 있었기에, 매니저에게 말했다.

"저 172 미만은 만나지 않는다고 분명하게 말씀드렸어요. 아시죠?"

"그럼요. 저희는 모든 정보를 허위로 작성하지 않습니다. 믿어주세요."

하지만 그날 내가 만난 남자는 식사를 마치고 자리에서 일어서자 나와 키가 똑같았다. 그것도 키 높이 깔창을 깐 것이었을 텐데. 그렇다면 나보다 작다. 나는 158인데……. 그동안 나눴던 모든 대화도 무너지는 기분이었다. 세번째 컴플레인을 걸었다.

"허위 사실을 기입했고 나의 소중한 시간을 빼앗으셨어요. 저 정말 너무 화가 나요."

"172일 텐데 소호님이 잘못 보신 게 아닐까요?"

"바보 취급하지 마세요. 제 절친이 172예요. 172는 질리도록 맨날 봐요. 172가 저보다 얼마나 큰지, 안다고요."

나는 사과를 받았다. 그리고 매니저가 자신의 모든 힘을 다 실어서 최상의 남자를 소개해주겠다고 연락을 해왔다. 그는 자신의 사업체를 가지고 있으며 자신의 명의로 된 목동 하이페리온에 산다고 했다. 하이페리온은 목동에서 제일 부자들이 사는 건물 중 하나라 했다. 매니저는 이번에 최최상위의 남성을 소개해드리는 것이니, 제발 믿어달라고 용서해달라고 빌었다. 그래서 나는 그 다음날 목동 하이페리온을 만나러 갔다.

우리는 당시 최현석 셰프가 운영하던 식당에 가서 밥을 먹었다. 일단 밥을 먹는 것만으로도 만족스러웠다. 맛있었다. 각자 내자고 했어도 좋았을 거다. 그러나 계산은 상대방이 내가 화장실에 간 사이에 전부 했다. 이야기를 나누고 커피도 마셨다. 그는 나를 차로 집에 데려다주기까지 했다. 그래서 목동 하이페리온 주차장에도 가보았다. 그런데 결정적으로, 재미가 없었다. 내가 떠들지 않으면 절간에 있는 느낌이 들 정도였다. 경건한 마음으로 기도를, 108배를 올리지 않으면 죄짓는 기분이 들 것처럼 재미가 없었다. 그는 묵묵히 뭔가를 들어주는 스타일이었다. 들어주는 스타일이 좋기는 했지만, 그래도 뭔가 맞는 건 있어야 하지 않나 생각했다. 스타일은 무척 구렸지만 대충 꾸며주면 될 정도로는 보였다. 키도 컸다. 아무튼 최초로 그럭저럭이었다. 다음날 매니저는 내게 물었다. 한껏 기대에 찬 목소리로.

"소호님 어떠셨어요?"

"지금껏 중에 제일 나았어요. 그런데요, 죄송한데요, 정말…… 너무 재미가 없어요."

"그래도 소호님이 원하는 스펙이잖아요. 회사도 실리콘밸리 쪽으로 옮기신다는데."

"그러니까요. 이민을 같이 가려고 결혼 정보 회사에 가입하신 분이잖아요."

"그렇죠."

"근데 재미가 없잖아요. 말을 하는 사람은 저뿐일 텐데."

"어머 소호님…… 말이 뭐가 중요해요. 이 정도 스펙의 사람을 만난다는 게 중요하지."

"평생 동반자라면…… 말이 통해야죠. 당연히."

"그깟 말 안 하고 살면 어때요."

"그럼 외국에서 저 사람이 일을 하는 동안 전 뭘 하나요?"

"집에서 시를 쓰시면 되죠."

나는 거기서 뭔가 잘못되었음을 직감했다. 크게 한 방 얻어맞은 기분이 들었다. 그렇다. 그들은 애초에 내 취향이나 내 미래는 안중에도 없었다. 나라는 사람에 대한 파악도 없이 그냥 되는 대로 매칭시켜주면서 마치 나를 위해 고른 것처럼 말하는 것이었다. 시를 쓰는 젊은 나에게 지금 찾는 평생의 동반자란 조심스러운 무엇이 아니라 그냥 감지덕지, 돈 많은 사람이면 된다고 생각했던 것이다. 심지어 나는 다섯번째부터는 성의가 점점 없어지는 매니저를 발견했다. 나를 데려온 팀장은 카카오톡 계정과 연락처를 폭파한 상태가 되었다. 퇴사를 한 것 같았고, 다섯번째까지 최선을 다하던 나의 매니저도 갑자기 퇴사를 한다는 연락을 해왔다. 그후에 배정된 매니저는 전화도 없이 이메일로 툭툭 이력서만 보냈다.

나는 정말 그제야 깨달았다. 다섯번째부터 환불을 못하니까 이렇게 막하는구나. 나한테 이렇게 막 집어던지는구나. 그래서 그다음부터는 똥 밟았다 생각하고 아무나 주는 대로 만났다. 빨리 그 기간을 끝내고 싶었다. 연락도 메일도 전부 피곤했다. 그래서 그들이 필터 없이 내게 건네는 사람들의 상태를 전부 볼 수 있었다. 그들 사이에는 심지어 모태 솔로도 있었고, 한의사인데 자신이 침을 맞지 않으면 곧 죽을 것처럼 비리비리한 남자도 있었다. 그냥 전부 자연스러운 만남으로는 여자를 전혀 만날 수 없거나, 나처럼 사기당한 사람들뿐인 것 같았다. 슬펐다. 내가 이 남자들을 만나는 데 이렇게 시간을 써야 한다는 게 스스로 너무 가여웠다. 그래서 시간을 때우고 집에 오고, 시간을 때우고 집에 왔다.

문득 초반에 만난 남자들이 내게 했던 행동들이 생각났다. 그들은 그냥, 나처럼 이 시스템을 파악했던 것이다. 다섯 번이 넘은 그 남자들이 나를 만나서 그렇게 성의 없이 말하다 간 이유를 이제야 알게 되었다. 여기서 평생의 동반자는커녕 연애 상대도 만날 수 없음을 알게 된 것이다. 나는 삼백오십만 원을 내고 찐따 집합소에 가입했다. 그러니까 똑똑한 찐따 열 명을 만나는 데 피 같은 내 돈 삼백오십 만 원을 쓴 적이 있다. 이것은 나의 가장 친한 친구도 모르는 비밀이다. 나 자신이 너무 수치스럽기 때문에 아무에게도 알리지 않았다. 하지만 이왕 이렇게 썰을 푼 김에 이 글을 읽는 모두에게 당부하고자 한다. 결혼 상대도 신중하게 골라야 하지만, 결혼 정보 업체도 신중하게 선택하길 바란다. 직원의 감언이설에 홀리지 말았으면 한다. 계약서는 근로계약서라고 생각하고 더 꼼꼼하게 읽어보고 사인하길 바란다. 충동적 선택으로 시간과 돈을 모두 허비하지 않기를 바란다.

모두를 찢어 붙인 모자이크

그는 장남이다. 외동아들이다.
막내였다가, 둘째이기도 했다. 키도 몸무게도 얼굴도 볼품없다. 돈도 없다. 아련하게 그는 계산대 앞에서 나를 바라본다. 밥 말아먹은 눈치와 예의를 가진 그는, 잠수를 자주 탄다. 만날 때는 자상하지만 평소의 그는 연락조차 되지 않는다. 갑자기 화를 낸다. 버럭 나는 운다. 그러나 그는 사과할 줄 모른다. 그 당시 심기를 건드린 것은 분명 나였기 때문에 자신의 분노는 언제나 타당하다. 그는 요리나 가정 살림은 응당 돈을 제대로 벌지 못하는 시인인 내가 해야 한다고 생각한다. 또한 나와는 다르게, 자신은 언제나 대박이 나거나, 그 꿈을 이룰 충분한 자질을 갖추었다고 생각한다. 그는 아이도 많이 낳자고 한다. 하지만 같이 기를 생각은 추호도 없다. 그는 먼 훗날 뜬구름 잡는 이야기를 좋아한다. 현실과 근미래에는 희망이 없기 때문이다. 그래서 늘 그는 '내가 뭔가 되면'으로 시작하는 말을 많이 하지만 사실 '그가 무엇이 된다'는 보장은 없다. 오히려 그의 미래가치를 보고 투자를 하길 원한다. 가진 것 하나 없으면서 뻔뻔하게 그는 망발을 자주 했다. 너무 망발이라 대답할 가치도 없다. 애교도 없다. 다정하지도 않다. 얼굴은 언제 보여줄 것인지, 꽉꽉 감춰둔 채로 기약 없이 약속을 남발하고 취소하며 나를 기다리게 했다. 나를 숭고하게 기다리는 자로 만들었다. 기다리는 자가 된다는 것은 도를 닦는 일이다. 화를 내면 이해도 못하는 치사한 사람이 되고, 화를 내지 않으면 기다리게 해도 되는 호구가 되는 것이다. 그러므로 그 관계는 빨리 빠져나오는 것이 좋다. 나는 그걸 알고 있었다. 그러나 너무 좋아한 나머지, 그렇게 하지 못했다.

그런데 말이다, 그들은 정신만 건강하지 않은 것이 아니었다. 그들의 육체는 저주받았다. 그래서 늘 '오늘 즐거웠다'고 나는 거짓말을 말했다. 그럼에도 그들은 노력하지 않았다. 술을 마시고 담배를 하도 피워 번식력도 하찮다. 인류가 얼마나 더 발전해야 그들을 품을 수 있는 걸까. 나는 고로 생각한다. 존재하지 않는 것에 대해. 그들은 야외에서 은밀하게 날 만지는 것을 좋아한다. 하지 말라고 손을 치우거나 때려도 횡단보도 신호에 걸리면 엉덩이를 쓱 만졌다. 나는 누가 볼까봐 수치심을 느꼈다. 그러나 그는 연인끼리 이런 장난도 할 수 있는 거라고 했다. 후에 그는 야외에서 한번만 하자고 강요한다. 하지만 나는 즐겁지 않다. 행복하지도 않다. 늘 같은 장소에서 옷을 벗고 누워 그를 감당해야 했다. 시키는 대로 복종했다. 내 성적 가치관과는 상관없이, 그냥 반복되는 행동들뿐이었다. 그는 짧다. 그는 물렁물렁하다. 축 쳐졌다. 여러 가지로 그러하다. 이상한 신음소리에 나는 멍하니 천장을 바라보며 이 모든 순간이 빨리 끝나길 바랐다. 그리고 진짜 빨리 끝났을 때는 정말로 화가 났다. 더 화가 나는 것은 그들은 불성실하다. 애무도, 추후에 어떤 따스한 포옹도 없다. 모든 일에 가성비를 따지는 그는, 그런 것은 굉장히 의미 없는 움직임이라고 생각했는지도 모른다. 호텔과 모텔은 그에게 너무 비싸기 때문에 언제나 집에서 잠자리를 가졌다.

제대로 된 데이트란 무엇일까 나는 고민한다. 그가 없는 사이. 우리는 옷을 주섬주섬 입고 나가서 데이트다운 데이트를 해보자고 다짐한다. 그러나 그가 데려간 맛집은 해괴한 기사 아저씨들만 가득찬 가게다. 그는 이상하게 백반을 좋아한다. 백반을 폄하하는 것은 아니지만, 몇 달을 백반과 국밥만 먹는다면 뭔가 이상한 것이다. 한식파인 나도 서양 음식을 한 번이라도 먹으러 가자고 이야기했지만 묵살되었다. 철저히 가성비를 따지기 때문에 그에게는 에피타이저와 디저트의 개념도 존재하지 않는다. 그는 커피도 마시지 않는다.

여행도 한번 가본 적이 없다. 여행이라 함은 말 그대로 부산이나 제주도나 해외 정도는 가줘야 하는 거라고 생각한다. 그러나 그는 나와 여행 갈 생각이 없다. 왜냐하면 여행을 가면 돈이 많이 들기 때문이다. 나에게는 여행을 함께 갈 만한 투자가치가 없다고 생각했는지, 여행의 '여' 자도 꺼낸 적이 없다. 서울 근교도 간 적이 없다. 지하철을 오래 타면 그게 여행이라고 했다. 그냥 우리가 있는 지금 여기 이곳이 여행지라는 말도 안 되는 말만 내던졌다. 그러나 말과는 다르게 그는 부모님을 따라서는 여행을 자주 갔다. 부모님은 돈이 있기 때문이다. 부모님은 자신에게 투자하시므로. 조금 웃긴 것은 그가 부모님과 함께 떠난 해외여행에서 사 온 내 선물은 언제나 열쇠고리 그 이상 그 이하도 아니었다. 비누를 받아본 적도 있다. 소금도 받아봤다. 그냥 아무것도 받은 적이 없다고 말할 정도로 그는 센스가 없다. 센스가 없는 걸까, 성의가 없는 걸까 고민해봤다. 고민할 가치도 없다는 결론에 도달한다. 둘 다 없다.

그는 없는 게 여러모로 너무 많다. 공감 능력도 없다. 그는 내가 힘들다는 것을 전혀 이해하지 못했다. 위로도 할 줄 몰랐다. 그는 틀린 맞춤법으로 점철된 편지를 써서 주기는 했다. 그것이 크리스마스 선물의 전부였다는 게 여러모로 문제였다. 게다가 '감동받았지?' 하며, 감동을 억지로 주입시켰다. 또 왜 이 시점에서 울지 않느냐며 화를 내기도 했다. 우습다. 그는 정말 내게 화낼 이유를 찾는 것 같다. 화풀이 대상을 찾는 것 같다. 어디서 빰을 맞고 온 건지 모르지만 나는 그의 한강이다. 나는 그를 감싸주었다. 감싸주었지만 역부족이었다. 화낼 이유는 너무 가지가지였기 때문이다.

이 일들은 모든 내용에 적용된다. 자신의 이야기는 모두 옳고, 내 이야기는 모두 틀리다. 다른 게 아니다. 무조건 틀리다. 사이코패스나 소시오패스는 멀리 있는 게 아니라는 프로파일러의 이야기를 들은 적 있다. 그들은 오히려 큰일을 저지르는 것이 아니라, 어떤 단순한 사회적 규범이나 관념을 어기는 것에

죄책감이 없는 사람들이라고 했다. 그러니까 무단횡단을 하거나 아무데나 쓰레기를 버리고 약속을 쉽게 어기는 것도 이것에 포함된다고 했다. 아니나 다를까 그는 약속 시간을 지키지 않는다. 두 시간을 기다리는 것은 이제 내겐 일도 아니게 되었다. 나는 하염없이 그를 기다린다. 그는 약속시간을 지키지 않기로 친구들 사이에서도 유명하다. 그러면서도 전혀 미안해하지 않는다. 그러나 내가 늦으면 불같이 화를 냈다. 자신의 소중한 시간을 내가 허비하게 했다는 것이다. 본인의 시간이 소중한 만큼 내 시간도 소중하다고 하면, 너의 시간과 나의 시간은 기본적으로 가치가 다르다는 말도 했다. 나는 그에게 존중받지 못했다. 존중이란 동등한 사람에게만 하는 것이다.

한번 놀아보려고 했을 뿐인데, 내가 들러붙은 것이다. 그는 호감과 사랑을 구별하지 못했기 때문에 벌받고 있는 것이다. 그는 아주 짧은 시간 내에 온갖 눈치를 줘가며 나 스스로 그만두게 하려고 했으나, 대실패했다. 마음에도 없는데 책임지느라 힘든 것이다. 그런 의미에서 그도 벌받고 있다. 우리는 만나서는 안 되는 인연이었던 것이다. 그러므로 미치도록 떼어내고 싶은 나와 만나면서, 지구력과 인내심이 좋고 눈치도 없는 나를 탓하고 있는 것이다.

돈 빌려달라는 소리도 많이 들었다. 어떻게 연인인 내게 돈을 빌려달라고 할 수 있지? 이해할 수 없었다. 돈이 없으면 물건을 사지 않거나 휴학을 하거나, 헬스장에 등록하지 않으면 되는데 그는 뻔뻔하게 내게 다달이 갚는다며 돈을 빌려달라고 했다. 그러니까 그는 신용도가 필요했던 것이다. 할부를 쓸 수 있는 내가 가진 신용카드가 필요했던 것이다. 다달이 갚겠다고 한 돈은, 단 한 달만 갚고 우리는 이별했다. 달라고 하기도 참 뭐했다. 나는 돈을 빌려준다는 것은 그냥 주는 것과 마찬가지라 생각하게 되었다. 그 마음을 적절히 이용했던 것이다. 더 큰돈을 빌려줄 수 없었던 그 시절의 내가 참 여러모로 다행이라는 생각이 든다.

게다가 그는 사회성이 굉장히 결여된 사람이다. 그의 사회성은 언제 보아도 끔찍했다. '어떻게 저렇게까지 사람들과 어울리지 못할 수 있지' 생각했다. 장례식장과 결혼식장에서의 기본적인 예의도 잘 모르는 그는 멍청하다. 그건 미리 공부만 해가도 알 수 있다. 하지만 그는 그 작은 예의도 지키지 않았다. 거기까지 생각이 미치지도 못한 것이다. 그렇기 때문에 그는 예의를 차리는 회사원에 대해 굉장히 부정적이었다. 나는 예술을 버리고, 예술에 몰입할 시간을 버리고 회사와 돈을 선택한 더러운 사람이 되어 있었다. 사회생활은 내가 하지만 그럼에도 자기가 중심이 아니면 견디질 못했다. 예를 한 가지 들자면 자기 작품에 대한 피드백을 가능한 빠르게 받길 원했다. 세밀하고 진정성 있는 피드백을 원한다면 보내놓고 기다리는 시간이 필요하다. 감상할 시간을 줘야 하는데 계속 전화로 빨리 말하라고 독촉한다. 나는 이제야 다시 묻고 싶다. 당장 말하면 뭐 작품이 달라지는가? 마감일도 아닌데. 심지어 정해진 마감일이 있는 것도 아닌데, 빨리 말하라고 한다. 나는 일을 해야 하는데, 살아야 하는데 말이다. 그러니까 그는 사는 것도, 살아가는 것도, 전부 자신 위주로 생각한다. 그에 비해 나의 실력은 늘 형편없고 좋은 것을 누릴 가치도 없고, 기다리게 해도 괜찮은 그런 사람인 것이다. 그는 나를 그렇게 보고 있었다. 한 치의 가치도 없이.

사람이 사랑에 빠지는 시간은 보통 얼마일까. 그리고 그걸 사랑이라고 깨닫는 시간은 보통 얼마일까. 나는 모르겠다. 다만 내 경우 평균 이하인 것만큼은 분명하다. 다른 사람들이 도대체 언제부터 어떻게 사귀고 있었냐고, 어떻게 알게 된 사람이냐고 물어보면 답할 길이 없다. 그냥 "첫눈에 반해버렸어"라고 말하기에도 애매하다. 곱씹어보면 내 인생에 그런 사랑은 없었다. 첫눈에 반한 적은 단 한 번도 없다. 그냥 어느 순간 시나브로 사귀고 있었을 뿐이다. 천천히 젖어

가듯이, 아니면 한순간이 발화점이 되어 불처럼 타오르듯이 입술이나 몸 같은 것을 뒤섞었을 뿐이다. 그리고 그 모든 것을 수습하기 위해 사귄 적이 대부분이다. 아마 나의 성격 탓도 있을 것이다. 내가 성격이 아주 세고, 할말을 다 할 줄 아는 사람이라고 생각했다면 다들 오해하고 있다. 나는 거절을 잘 못한다. 완곡한 거절은 잘한다. 전 남친들에게 배운 대로 카톡 읽씹으로 잠수를 타는 방법을 선택했는데, 그마저도 불도저처럼 상대방이 파고든다면 나는 손쓸 방법이 없다. 일단 사귀는 수밖에. 울면서 사귀는 수밖에.

연애는 그렇게 이상한 방식으로 시작된다. 그러니까 나의 연애는 그래서 상대방을 제대로 알기 전부터 시작되는 것이다. 서양에서는 'get in to know'라고 '썸'을 무려 두 달이나 타고, 사귀자는 말도 없이 꾸준히 데이트하고 스킨십을 하다가, 어느 날 "너는 나의 소중한 걸프렌드야!"라고 선언하면서 자신이 여자친구라는 사실을 알게 된다던데, 내가 만약 외국에서 태어났으면 아마 나는 인내하다 하늘로 승천했을 것이다. "그래서 우리가 무슨 사인데?" 이 말을 너무너무 하고 싶은 나머지 사랑이 이루어지기도 전에 앓다가 죽었을 것이다. 나는 썸을 오래 타는 것을 싫어한다. 썸을 오래 탈수록 데미지가 크다. 나에게 썸이란, 대부분 내가 좋아하는 기간을 의미한다. 성격이 급해 남자 사람 하나 알기 위해서 두세 달을 쓴다는 것은 너무 아까운 일이다. 그리고 대부분 두세 달이면 그냥 지지부진하게 책임지기 싫은 서로만이 존재한다는 것을 알게 될 뿐이다. 그래서 나는 썸을 차라리 짧게 타고 사귀면서 변해가는 그를 알아가는 것을 훨씬 선호한다. 그러다보니 몸도 마음도 쉽게 줘버리는 바람에, 상대는 나를 우습게 안다. 이제 나는 그에게 가지고 싶은 년이 아니라 쉬운 년으로 넘어가는 것이다. 아니다. 이미 쉬웠을지도 모른다. 가지고 싶다는 마음이 든 그 순간부터, 그 마음에 동조하는 나를 보는 그 순간부터 이미 쉽다. 다 넘어온 것이나 마찬가지니까.

어쨌든 나는 쉬워 보였기 때문에 애초에 커다란 약점을 드러낸 것이나 마찬가지가 되었다. 또한 표현하는 것을 좋아하는 나로서는 언제나 사랑을 갈구하고 그는 뭔가 갑자기 우월한 의식에 사로잡혀, 이소호 이 여자가 나를 좋아한다며 입이 근질거려 안달복달하는 것을 보는 일은 정말 괴롭다. 그들은 전혀 나를 배려하지 않는다. 배려했다면 적어도, 내가 어떤 불편을 호소했을 때, 나의 마음을 비밀로 지켜달라고 당부했을 때 그들은 꼭꼭 지켜줘야 했다. 그러나 그들은 입이 존나 싸다. 내가 어미의 마음으로 그들의 입방정을 용서했을 때도 그들은 멈추지 않았다. 그후로도 나는 술자리의 안주로 전락했다. 나는 자랑이다. 자랑이면서 과시다. 그때 누군가의 자랑이 된다는 것은 즐거운 일만은 아니라는 것을 깨달았다. 하지만 이미 그 사람을 좋아하게 된 나는 수렁에 빠졌다. 아무도 구해주지 않는 갯벌에서 앞으로, 앞으로 걷고 싶을수록 푹푹 빠지게 되어버린 나는 여기서 멈추지 못하고 선물 공세를 한다. 따스하고 다정한 내 마음을 봐달라며, 손을 흔드는 것이다. 날 봐줘. 날 봐줘. 읍소하는 것이다. 좋아하니까. 좋아한다는 이유로 자발적 호구가 된 나는, 거의 매번 그 사람이 하는 말을 하나하나 기억했다가 다음 만남 때 가져다주었다.

기억력의 귀재인 나는 단 한 번도 선물로 누군가를 실망시킨 적이 없다. 다만 실망은 선물한 나에게만 닥쳐왔다. 내가 준 선물들은 물질로도 감정으로도 돌려받지 못했다. 사실 물질은 바라지도 않는다. 단 한 번도 사랑으로도 돌려받지 못했다. 지금까지 쓴 것만 다 따져도 돈 천만 원은 될 것이다. 돈도 사랑도 한쪽이 쓰기 시작하면 그쪽만 쓴다. 마음도 그쪽만 쓴다. 사랑은 돌아오지 않는다. 준 만큼 돌아오지 않는다. 드라마 〈천국의 계단〉에서 "사랑은 돌아오는 거야"라 소리지르며 권상우가 부메랑을 날렸던 게 생각난다. 그래. 사랑은 그렇게 돌아오지 않는다. 사랑이 부메랑 같았다면 나는 이 한 권의 책을 쓸 수도 없었을 것이다. 벌써 운명의 짝을 만나서 절절한 사랑을 하고 있었을 것이다. 사랑은 등가교환이 없다. 뺏기지 않으면 그나마 다행이다. 계산과 타이밍, 아다리가 전부 맞지 않았기 때문에 나는 이렇게 괴로움의 늪에 빠져 있다.

"너는 도대체 그 사람을 왜 좋아해? 널 이용만 하는 것 같아. 그 사람 마음에는 이소호가 널 좋아한다는 그 우월감뿐인 것 같아."

"우월감뿐이면 다행이지."

"그 정도인데 네가 뭐가 모자라서 그 사람을 좋아해?"

"그냥 좋아해서 좋아해. 이유가 있겠어?"

"돌부처처럼 움직이지도 않는데, 언제까지 기다려야 하는데?"

"나도 잘 모르겠어."

"모르면서 기다리는 게 말이 돼? 아무것도 바라지 않고."

"바라는 건 있어. 조금의 틈, 나에 대한 존중 그거면 돼. 어차피 사랑은 다 짝사랑이라는 걸 알고 시작했으니까."

"난 네가 그만했으면 좋겠어. 그 사람 진짜 별로야."

친구와의 깊이 있는 회의 끝에 나는 내 마음을 수십 번 접었다 폈다. 평평한 붉은 색종이였던 내 마음은 온갖 주름으로 누더기가 되어 있었다. 마음을 접고 펴고 접고 펴고 하다보니 그가 했던 말들이 하나하나 생각났다. 그가 했던 수많은 불쾌한 행동들이 내 인생을 지배하기 시작했다. 나는 자다가도 화가 나서 벌떡벌떡 일어나서 글을 쓰는 날들을 보냈다. 생각해보니 이상하고도 기이하고도 이해가 되지 않는 일들이다. 내가 좋아하는 사람들은 적어도 주변 사람들로부터 평판이 좋은 사람이다. 나보다 훨씬 더. 예의는 물론이고, 커리어도 좋고, 언제나 나보다 똑똑한 꽤 멋진 사람이었다. 그래서 나는 오랫동안 그들을 봐온 눈과, 평판을 믿고 좋아하기로 고백하기로 마음먹었던 것이었다. 그러나 그 좋다던 평판은 항상 나에게만큼은 매우 나쁘게 다가왔다. 너무 예의를 차리거나, 너무 나와 좋은 사이가 되고 싶었던 나머지, 다가가는 나를 어찌할 줄을 모르고 그냥 이도 저도 아니게 행동하는 바람직하지 못한 사람이 되어버렸다. 너무너무 머나먼 미래를 짐작하느라 그랬는지 몰라도 그들은 결국에 나에게는 헷갈리게 하는 사람, 확신이 없는 사람, 그 이상 그 이하도 아니었다. 맺고 끊음이 분명하지 않아, 나는 그들에게 마음을 담보로 질질 끌려다녔다. 그 빌어먹을 좋아한다는 마음 하나 때문에, 나는 늘 약자가 되어 눈치를 보았다. 물론는 눈치를 본 것은 절대로 아니다. 확실하게 선을 긋는 것을 좋아하는 나는 맹목적 기다림을 할 수는 없었다. 마음이 빨리 끝나야 또다른 사람을 좋아할 수 있는데, 지지부진하니 오지도 가지도 못하는 신세가 되어버린 것이다. 나도 성격이 보통이 아니기 때문에 분노가 차오를 때면, 그리고 술에 취해 가지게 된 무한한 용기로 뭔가를 할 수 있을 때면, 나는 나도 모르는 사이 그들에게 전화를 건다. 전화를 걸어 따져 묻는다. 진짜 죄송한데, 당신 뭐냐고. 화를 냈다. 화보다는 울분에 찼다고 보는 게 맞겠다. 울분에 차서 한 시간은 기본으로 전화통을 붙잡고 따져 물었다. 그리고 내 맘대로 끊고 다시 전화하고 내 맘대로 끊고 다시 전화했다.

"아직도 생각중이에요?"

블랙아웃.

"어떻게 나한테 이럴 수 있어요?"

블랙아웃.

"소호씨 어서 집에 들어가세요. 많이 취하신 것 같아요."

"나 하나도 안 취했어요. 다 기억해요."

블랙아웃.

이 문장들 빼고는 단 하나의 장면도 기억나지 않는다. 그러나 우리의 통화 기록은 무려 두 시간이었고, 끊었다 걸었다 한 내역이 일곱 건은 되었다.

자살 각.
수치스럽다.

전화만 안 했으면 조금 멋진 여자로 뒤돌아선 모습을 보여줄 수 있었을 텐데. 나는 화끈거리는 얼굴을 쥐고 괴로워하고 있다. 해장을 욕으로 한 것인지 숙취가 하나도 없었다. 나는 도대체 그에게 얼마나 많은 말을 쏟아낸 것일까. 이제부터는 우리 상황이 완전히 뒤바뀌는 것이다. 정반대로 달라지는 것이다. 그는 나쁜 놈에서, 존중의 대상이 되는 것이다. 뭘 해도 내가 죄인이 되는 것이다. 황당하지만 어쩔 수 없다. 술 취한 또다른 자아, 내가 그렇게 만들었다. 나는 이상한 사람이 되었다. 그 전화들로 인해. 왜냐하면, 일단 우리는 그들의 말마따나 아무 사이도 아니다. 아무 사이도 아닌 사람에게 미래를 독촉하고, 진상을 피운 나는 누가 봐도 이상한 사람이다. 나는 어제 아무 사이도 아닌 사람에게 사랑을 구걸했다. 시간을 내달라고 빌었다. 최악이다. 그냥 지금까지 쉽게 먹혔던 나의 갈고닦은 스킬들이

먹히지 않아 화가 많이 났었던 것 같다. 그래서 내가 차인 것을 스스로 인정하지 못하고 견딜 수 없었던 것 같다. 술 취한 나는 그 지점에서 분명하게 분노하고 있었다. 그렇게 가만히만 있었으면 나는 아련한 여자가 될 수 있었는데, 순간의 분노를 견디지 못하고 할 수 있는 최선의 수습을 했다. 할 수 있는 사과는 다 했다. 죄송하다는 말을 열 번은 한 것 같다. 그리고 너무 죄송해서, 상관도 없는 그들에게 금주 선언도 했다. 그들은 자비롭게 나를 용서했다.

그렇게 나는 전락했다.
쉽고, 이상하고, 지질한
이소호로.

사실 진짜 흥미로운 이야기는 지금부터 시작된다. 그들은 마음의 무게를 덜고 나를 찼고 나도 그것을 겸허히 받아들였다. 다만 끝까지 지질한 나는 언젠가 내가 좋은 여자로 보일 거라는 여지를 그들 모두에게 남겼다. 전부 내 잘못으로, 내가 사랑하는 방법을 모두 나의 잘못으로 돌리고. 여기까지였으면 나는 아름답게 이 글을 마쳤으리라.

그러나, 그후로부터 그들은 한결같이 입방정을 떨기 시작했다. 내가 입방정을 떨어서 개진상을 피운 것처럼. 그 역시 할말은 하고 살고 싶어졌나보다. 하나같이 똑같다. 사귀기는 싫은데 말 그대로 내가 좋아한 것은 좋아했던 것이다. 그냥 그들은 나는 안중에도 없고 '내가 그에게 매달린' 것이 가장 중요한 사람들이었으니까.

이 정도면 비밀스럽게 내려오는 이소호 지침서가 있는지 술만 취하면 사람들 앞에서 내가 뭘 선물했는지 자랑하고, 나를 어떻게 찼는지 떠벌리기 시작했다. 단둘이 했던 말을 눈치 없이 씨불이고 다니기 시작했다. 깨끗하게 정리했던 마음은 이제 분노로 뒤바뀌었다. 끝난 사이이니, 사람들 앞에서 조심해주었으면 좋겠다고 몇 번이나 말했었는데, 그들도 술만 취하면 나처럼 실수하는 것 같았다. 걔들도 사람이구나 생각을 하면서도, 저렇게 입방정인 인간을 좋아했다니, 시간이 아깝다는 생각이 들었다. 그냥 내가 남자 보는 눈이 없었다.

재미있는 사실을 한 가지 덧붙이고 싶다.

처음부터 눈치라곤 쌈 싸 먹은 그들은 여전히 내가 화가 난 것을 모른다. 정확히 말하자면 화가 '얼마나' 났는지 모른다. 그냥 화가 조금 난 줄로만 알고, 시간이 지나가면 원래대로 좋은 사이로 돌아올 것이라 생각하고 있는 것 같았다. 그러나 이 글에 덧붙이자면, 난 정말로 너희들이 상상할 수 없을 만큼 화가 났다. 앞으로의 내 연애관이 통째로 바뀔 정도로 화나 있다. 그건 내 믿음에 대한 거대한 배신이고, 전환점이 될 수도 있었던 너의 행동으로 인해 나는 살던 대로 살기로 마음먹었다.

역시 금방 사랑에 빠지는 사람은 금방 사랑에 빠지는 사람으로 살아야 한다. 리스크와 손해가 없는 사랑. 보험 같은 사랑, 혹은 툭툭 털고 일어설 수 있는 누군가는 "그게 사랑이야?"라고 되물으며 비아냥거릴, 그렇고 그런 사랑.

나를 사랑하지 않는 사람에게

내가 사랑에 마침 눈을 떴을 때 나는 여러 감정에 관심이 많았다. 예민함이 하늘을 찌르던 청소년기였다. 사랑은 정답이 없으므로, 여러 가지 얼굴을 하고 있다는 것을 알고 있으면서도 엄마에게 물었다. 올바른 사랑에 대해. 그리고 엄마 역시 사랑에 대해 잘 몰랐으므로 그날 기분에 따라 답이 달랐다. 가장 기억에 남는 대답 중 하나는 "사랑은 아낌없이 베푸는 거"라는 말이었다. "엄마, 그럼 도대체 아낌없이 베푸는 게 뭔데?" 나는 다시 물었다. "엄마는 네가 한쪽 눈이 멀면 내 한쪽 눈을 떼서 바로 줄 거야." 예시가 너무 끔찍했지만 의미는 알 수 있었다. 울림이 있는 고백이었다. 다 주는 거구나. 불편을 감수하는 것이구나. 눈은 주면 돌려받지 못하니까. 그게 시작이었던 것 같다. 내가 이렇게 호구 같은 사랑을 하게 된 것은. 왜냐면 나는 눈을 빼서 주는 게 사랑이라고 배웠으니까. 아낌없이 주고 불편함을 감수하는 게 사랑이라고 믿었던 나는, 짝사랑이 사랑의 기본값이라고 생각했던 것이다.

짝사랑의 서막은 이렇다. 무엇을 다 주지 않으면 견딜 수 없는 나는, 짝사랑의 귀재가 되어 늘 사랑에 실패했다. 내게 연애란 늘 정신없이 반한 뒤 어느 날 눈떠보면 사귀고 있는 관계를 뜻한다. 존재하지도 않았던 사람이 갑자기 가장 가까운 사람이 되는 시간은 대부분 3일을 넘기지 않는다. 그러니까 나는 3일 만에 모르는 사람을 가장 가까운 사람으로 만들 수 있는 매력을 가지고 있으나 그만큼 질리게 하는 무언가도 있는 것 같다. 사계절을 겨우 넘길 수 있을 만한 사랑은 몇 명 없었다. 그들은 늘 정신없이, 마치 뭐에 홀린 듯이 나를 사랑하다 허겁지겁 잘못을 저지른 것처럼 죄책감에 시달리다 날 떠났다. 그럼 나는 덩그러니 구두 한 짝만 신은 신데렐라가 된다. 안타깝지만 동화와 다른 점은 바로 신데렐라가 한쪽 발로 왕자를 찾으러 헤매고 다닌다는 것이다. 왕자는 천재지변에도 신데렐라를 찾지 않는다. 찾으면 발목 잡힐까 두려워 절대로 신데렐라를 찾지 않는다. 왕자는 신데렐라도 구두도 깨끗하게 다 잊었다. 그것은 어쩔 수 없는 잊고 싶은 실수였으니까.

"그럼 그때 나한테 왜 그랬어? 이럴 거면 우리 왜 만났어?"

"마치 사고 같은 거야 소호야. 그런 걸 사랑이라고 믿으면 어떡해?"

불과 며칠 전에도 내게 사고를 당한 남자가 있었다. 그러나 그는 너무 똑똑했기 때문에 강렬했던 그 데이트가 사고라는 것을 빠르게 깨닫고 후유증에서 벗어났다. 평소의 속도 같았으면 나에게도 리스크는 없었을 것이다. 3일이면 나는 미국 서부와 동부를 가로지르는 66번 도로 황무지에 사는 샘 도우와도 연인이 될 사람이다. 그러니까, 기다린다는 것은 나에게는 어마어마한 일이다. 남자가 "우리 시간을 갖자"면 시간을 가지는 게 싫어서 "당장 헤어져"라고 말하는 게 나다. 난 그 정도로 기다리는 것을 끔찍하게 생각한다. 우리는 각자의 일로 데이트를 타이트하게 할 수 없었다. 초가을에 만났던 우리가 아무런 성과도 이뤄내지 못하는 동안 날은 급격하게 추워졌고, 눈이 몇 번 왔고,

수많은 약속이 날아갔다. 나는 기대하고 실망하고 기대하고 실망하기를 반복했다. 그러나 내색하지 않았다. 내색하지 않아야 쿨해 보이니까. 남자들은 쿨한 것을 좋아하니까. 복장이 터져서 다 뒤집어져가는데 심신을 수련하고 때때로 그것을 폭발시키며 전화를 걸고 다시 거듭 사과를 하며 절망하면서도, 아직은 내가 '쿨한 여자'라고 믿었다. 그랬기에 약속 하나가 사라질 때마다 데이트할 때 입으려고 산 옷들이 점점 내년에나 입을 수 있는 옷이 되어도 아깝지 않았다. 그러나 나는 우리가 만날 수만 있다면 내년에도 분명 보여줄 기회가 있을 거로 생각했다. 우리는 잘될 수 있다고 생각했다. 과신한 것도 없지 않아 있다. 솔직히 조금도 의심하지 않았다. 나는 과거의 나와는 분명히 달랐다. 질척거린 일도 없고 떼를 쓴 적도 없었다. 매일매일 오지 않는 연락에도 변하지 않고 묵묵하게 기다렸다.

아무튼 내가 이런 생각에 빠져 있는 동안, '똑똑이'가 장고 끝에 내린 결론은 조금 모자랐던 나에게 커다란 충격으로 다가왔다. 동료로 지내자는 것이었다. '서로가 서로의 일에 집중하는 모습'에 반할 줄 알았지, 그렇게 괴상한 결론이 나리라고는 전혀 예상하지 못했다. 그래서 난 후유증이 아주 컸다. 나는 단 한 마디의 말도 해보지 못하고 착한 척하느라 너무 고통스러웠으며, 단 한 사람을 위해 두 달의 스케줄을 전부 비웠던 것이나 마찬가지였다. 커다란 손해이자 손실이었다. 그 이후에도 '너는 거기 있어라 내가 가겠다'를 시전하며 적극적으로 구애했으나, 생각이 많고 셈이 밝고 앞길이 창창한 똑똑이는 나를 찼다.

그 충격을 수치화해보겠다. 9월부터 1월까지 얼굴을 본 적도 별로 없을뿐더러, 뭘 보여주지도 못한 절반의 매력뿐인……. 아직 쇼는 시작도 하지 않았는데 막을 내려버린 그는, 그 짧은 기간 동안 나를 세 번 찼다. 최장 기간 짝사랑, 1인당 최대 차임횟수를 돌파한 나의 멘탈은 온전치 못했다. 꿈과 희망의 파란 나라에 사는 그는 나에게 아직 인류애가 남아 있다고 생각하는 것 같았다.

똑똑한 당신이 더 냉정하게 잘 아실 거예요……. 죄송합니다만 저는 당신이 너무 좋았단 말이에요. 업그레이드는 있어도 다운그레이드는 없어요. 제 마음과 겉모습은 아이맥과 펜티엄4만큼 달라요. 내가 너에게 보여준 모든 너그러움은 다 거짓이에요. 항상 속은 터져 승천하기 일보 직전이었어요. 우리가 친밀한 동료가 되는 것은 영영 불가능해요. 난 이렇게 눈탱이를 맞아본 게 처음이에요.

당신을 청문회에 앉혀놓고 싶다. 악의는 없다. 그냥 궁금해서. 더불어 해명의 기회는 조금도 주고 싶지 않다. 전처럼 홀라당 설득당하고 싶지 않다.

좋은 동료가 되고 싶다면서요.

하지만 나를 가장 빡치게 하는 것은 모호함과 공백이었다. 먼저 모호함에 관해서 이야기하겠다.

똑똑이의 모호함은 조금 어렵다. 사귀고 싶지는 않지만 알아가고는 싶은 것이다. 속도가 좀 달랐다고 하기에도 이상했다. 둘이 보면 재미는 있는데, 고백하면 안 사귄다. 한쪽의 마음을 알고 있다면 정리를 시켜줘야 한다. 그러나 우리 똑똑이는 내 마음을 과소평가하셔서 나의 상실감을 잊으셨던 것 같다. 그래서 나는 내가 꾸준한 치료를 받으면 호전 가능성이 있는 환자인가, 아님 영안실에 이미 누워 구천을 떠도는 중인가 헷갈렸다. 어쨌든 고백할 때마다 선고는 하시면서, 데이트 신청은 다 받아주고, 내가 포기할 때쯤 적절히 심폐 소생술도 시행하시었다.

나는 물고기자리.
너는 물병자리.
네 물병에 순순히 담긴다는 말은 안 했다.

너의 공백에 대해서는 할말이 정말 많다. 이건 너의 공백이 아니다. 바쁘다는 말이 아니다. 우리의 이야기를 모르는 사람들을 위한 공백이다. 우리가 단둘이 만나오며 쌓아왔던 시간들이 있다. 나는 한때 어떤 예술가와 헤어지고 많이 힘들었다고, 그때 문학적인 어떤 죽음을 경험했다고 이름이 사라지는 경험을 했다고 분명히 밝힌 적 있다. 그러나 너는 그걸 전혀 무겁게 생각하지 않았다. 사태의 심각성을 인지하지 못하고 "그게 뭐 어때? 소문내는 사람이 이상한 사람"이라는 말로 위로했다. 거기까지는 아주 좋았다. 그러나 말과는 다르게 행동은, 공감 능력이 매우 떨어진 모습을 보여주었다. 당신은 뭐든 숨기고 싶지 않다고 했다. 친구로 지내기로 스스로 생각한 당신은 숨길 게 없다. 당당하게 더 드러나야 행동뿐만 아니라 마음이 편해질 것이라 생각했을 것이다. 물론 본인만.

그래서 내가 너를 좋아하는 것을 아는 친구들 앞에서조차 나는 썸이라는 단어를 입에 올리지 않았다. 짝사랑이라고 말했다. 일방적으로 좋아하기 때문에 어렵다고 그랬다. 손을 잡으면 손을 잡아도 되냐고, 자리를 옆으로 옮길 때는 옮겨도 되냐고 하나하나 물어보면서 진행했다. 그리고 우리는 그사이에 취향도 잘 알게 되었고, 말도 놓게 되었다. 말을 놓는 일이 또다시 불쾌하게 다가올 줄 몰랐는데, 네가 나를 너무 여자 사람 동생으로 보고 있다는 생각이 들었다. 강조하고 싶다. 연필 딱 들고 받아 적어라. 나는 너보다 나이가 적은 여자다. 여자 사람 동생이 아니다. 이 차이를 분명하게 알 거라고 생각한다. 아니다. 그의 전문 분야도 아니며 지금껏 지켜본 바에 의하면 굉장히 취약한 부분이다. 그래서 아래에 예시를 든다.

직장 동료는 같이 밥 먹지 않습니다. 직장 동료는 퇴근 후 전화하지 않습니다. 직장 동료는 그렇게 길게 전화할 일이 없습니다. 더군다나 이성 직장 동료는 특별한 프로젝트 없이는 단둘이 만나지 않습니다. 왜냐하면 보장된 내일이 있기 때문입니다. 그깟 말. 어차피 내일 하면 되기 때문입니다.

연애가 끝난 후 나의 고통을 '말'만으로 이해하고 있는 게 아니라면, 너는 분명하게 여러모로 우리의 만남을 숨겨줬어야 했다. 여기가 얼마나 말이 많은 곳인지 겪어보지 않아서 너는 안일했던 것이다. 너만 안일하고 너만 이해하지 않았다는 것을 알면서도 나는 네게 뭐든 줬다. 뭐든 주고 싶었고 아깝지 않았다. 네가 가끔 사람들 앞에서 농담을 섞어 내게 수치심을 주었지만 그럼에도 집에 와서 네 생각이 날 만큼, 그만큼 네가 좋았던 것이다. 너무 좋아서 이 모든 리스크를 감수하며 견딘 것이다.

심리 스릴러는 끝났다.

이제 귀납과 추리만 남았다. 개인적으로 불행한 일이 한꺼번에 많이 몰려 정신없는 겨울이었다. 미안하지만 나는 이제 돌이킬 수 없는 노래를 부르려 한다. 내가 이미 너를 남자로 본 순간부터는 너는 영원히 나에게 남자이다. 잠재적 남자이다. 죽어서도 남자고, 다수가 모여 밥을 먹는 자리, 저멀리 앉아 있는 모습을 발견하면 눈을 마주치지도 못하는 나는 그를 영영 신경쓸 수밖에 없는 여자인 것이다.

그러므로 결론을 내리고 싶다. 내가 원하는 것은 단 한 가지. 동생은 안 된다. 여자 아니면 전처럼 조금은 불편한 선생님이어야 한다. 그는 수많은 사람을 모시고 있다. 나도 그중 하나였다. 그러나 이제는 어떤 시간을 건너 이성도 상사도 아닌 애매한 무엇으로 남겨진 우리는 너무 멀리 왔다. 돌아갈 수 없다는 것을 가장 잘 아는 것 역시 우리 둘뿐이다.

너는 내게 구원이었다.

징조였고, 용기였으며,

낮은 안개를 거두는 빛나는 미래다.

잠수종과 나비

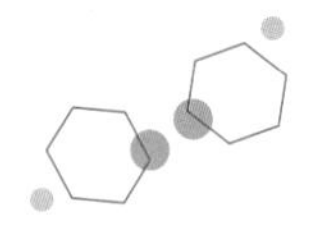

끝을 맺지 않고 끝낸다는 것은 어떤 기분일까. 나는 그 기분을 자주 상상해본 적 있었다. 그것은 암묵적으로 합의된 둘 사이의 깊은 감정의 골이 드러낸 어떤 예감이었을지도 모른다. 그러나 이십대 초반의 나는 그것을 몰랐다. 그의 끝을. 그가 홀로 준비해가던 마지막의 과정을. 끝을 끝인 줄 모르고 세상에서 영영 인사도 없이 사라져버린 나의 남자친구.

그를 처음 만난 건 내가 광고회사에서 일하던 시절, 퇴근 후

다니던 학원의 뒤풀이에서였다. 같은 학원에 다니던 남자라고 생각한다면 커다란 오해이다. 그는 학원에서 전혀 친하지도 않은 남자의 친구로 잠깐 들렀다. 그러니까 나와는 그때, 그 순간이 아니면 다시는 볼 일도 없는 사람이었다. 그러나 인연이 되려면 어떻게든 된다고 그는 그 바쁘고 정신없는 와중에도 전화번호를 주고받았다. 그것으로 우리의 인연은 시작되었다.

우습게도 우리는 서로의 이름도 잘 몰랐다. 번호를 주고받는 것으로 이야기를 시작하게 되었다. 나는 나를 소개했다. 나는 강남 테헤란로의 광고회사에 다니고 있고 야근이 많아 늘 정신이 없다고 했다. 그러자 그는 퇴근 후에는 뭘 하고 사냐고 물었다. 그래서 나는 잠을 자기 바빠 아무것도 할 수 없다고 했다. 그는 말했다. 사는 게 별로 재미없겠네요. 나는 말했다. 네, 정말 재미없네요. 회사 집 회사 집이 내 삶이에요. 재미있는 일 없을까요? 그는 자기가 재미있게 해주겠다며 퇴근 후에 코엑스로 나오라고 했다. 그렇게 그와 두번째로 얼굴을 봤다.

실제로 얼굴을 꼼꼼하게 쳐다본 건 그날이 처음이었다. 그는 키가 아주 컸다. 곱게 깎아놓은 도토리 같은 머리를 가졌지만 촌스럽지 않았다. 그리고 우리는 영화를 봤다. 영화를 고르며 그가 이야기했다. 그의 삶은 영화보다 영화 같았고 더 재미있었다. 그가 미리 하이라이트로만 섬세하게 고른 편집점으로 들어가 그의 삶을 관람했다.

그는 멋진 이야기꾼답게 영화를 전공했다. 유수의 대학에 늦깎이 신입생으로 입학했다고 했다. 몽클레어 패딩과 구찌 스니커즈를 신었지만, 재산은 그게 전부가 아니었을까 싶을 정도로 집안은 넉넉하지 않았다. 다만 그는 유독 성실했다. 성실하게 연애했고 성실하게 전화했고 집안에 누를 끼치지 않겠다며 성실하게 공부했다. 그러나 그게 다였다.

그는 가난했고, 학생이었고, 나는 회사원이었다. 소득이 불균형한 우리의 연애는 언제나 뭔가 채워지지 않는 것이 있었다. 일단 그는 늘 나를 기다려야만 했다. 그리고 나는 회사원이므로 돈을 많이 써야 했다. 더불어 늘 시간에 쫓겼다. 학생인 그는 시간이 펑펑 남아돌았다. 방학이면 내 방에서 늘 나를 기다리며 집안일을 했다. 그는 학생이므로, 내세울 게 없었으므로 늘 다른 것으로 나를 만족시키려 했다. 가진 게 몸밖에 없었던 그는 쉬지 않고 관계를 요구했다. 그리고 몸이 안 되면, 그가 내세울 수 있는 영화 지식을 총동원하여 자신이 얼마나 지적이고 미래가 분명한 사람인지를 내세우려 했다. 모든 꿈이 다 그렇듯 대부분 허황된 이야기였고, 자신이 얼마나 좋은 영화를 만들 수 있는 인재인지에 대해 끊임없이 주입시켰다. 하지만 난 알고 있었다. 나는 그가 재학중인 대학보다 더 좋은 예술대를 훨씬 먼저 졸업했다. 예술의 세계란 빠르게 변화하는 흐름에 맞춰 오래 버티는 자가 살아남는 적자생존의 세계다. 살아남은 후로는 뻐꾸기의 세계다. 눈도 뜨지 못한 새끼 새들을 전부 둥지 밖으로 밀어내야만 하는 세계. 둥지의 무법자, 유일한 생존자가 되는 것만이 대대손손 이름을 남길 유일무이한 예술가가 되는 길이라고 배웠다, 나는. 그러나 그는 순진한 눈으로 늘, 자신이 그곳에서 버틸 수 있다고 생각하는 것 같았다. "영화는 돈이 많거나 네가 말도 안 되는 천재여야 해"라 말하고 싶었다. 하지만 말할 수 없었다. 나는 그가 늘 헛된 꿈을 꾼다고 생각했다.

한창 사귀던 시절에는 너는 시인이 되는 것이 꿈이라면서 왜 시를 쓰지 않고 회사나 다니냐는 꾸중을 들었다. 나는 내 밥벌이를 하면서도 자본주의의 노예, 언제나 그보다 한심한 인간이었던 것이다. 꿈을 좇지 않는 나는 돈을 벌어들임으로써, 돈을 버는 데 시간을 더 보탬으로써 예술을 배신한 것이다. 우리는 이 일로 여러 논쟁을 했다. 나는 현실에 발을 붙였고 그는 늘 하늘 위에 붕 떠 있는 것 같았다.

"시만 쓰고 싶지 나도. 하지만 꿈은 밥을 먹여주지 않아."

"너는 너를 믿지 못하는구나."

꿈은 믿으면 정말 이루어지는가?

그리고 그 꿈은 내게 정말 밥을 먹여주는가?

나는 자주 신에게 묻고 싶어졌다.

학기가 시작되자 다시 우리의 삶은 뒤바뀌었다. 그의 학교는 더욱이 멀었기에 자주 만날 수 없었다. 너는 우리집에서 통학하며 과제일 뿐인 실기 수업에 몰입했다. 시나리오를 썼고 그 시나리오를 기반으로 단편영화를 찍어야 한다고 했다. 내가 봤을 때는 특이하지도 않은 그저 그런 내용의 학교 과제였는데, 그는 대단한 예술 작품을 찍는다며 여자 후배들과 몰려다니는 일이 잦아지기도 했다. 그리고 내가 그런 일들은 좀 불편하니 연락으로라도 자주 안심시켜주었으면 좋겠다고 하자, 원래 영화판은 다 그런 거라며 나를 무시했다. 그리고 내게 아주 차분한 목소리로 이야기했다.

"너도 나처럼 꿈을 꾸고, 그 꿈을 위해 노력하면 되잖아. 내가 보기에 너는 회사 다니면서 돈을 버니까 꿈을 잊은 것 같아. 나를 봐. 이렇게 열심히 살잖아. 시인이 되겠다는 사람이 고작 이렇게 살아서 되겠어?"

더는 참을 수 없었다.

"내가 놀면 데이트 비용은 누가 내? 내가 놀면 우리가 이렇게 내 집에서 밥이나 먹고 살 수 있을 것 같아? 나는 네가 학교 과제일 뿐인 일을 하면서 왜 이렇게 예술가인 척하는지 모르겠어. 예술대는 나도 나왔어. 그깟 예술. 네가 하는 게 예술이라고 생각하는 것 같은데, 내가 보기엔 그냥 숙제야. 어린애가 하는 숙제나 다름이 없다고. 차라리 내가 하는 게 예술이지. 내가 하는 일은 적어도 어딘가 쓰임새가 있잖아. 무에서 유를 만들잖아. 더불어 널리널리 읽히잖아. 물론 내가 원하는 일은 아니었어. 이건 인정할게. 근데 원래 하기 싫은 걸 하는 게 어른인 거야. 그러니까 넌 존나 어린애와 다를 게 없어. 하고 싶은 일, 대단한 일 하는 것도 아니면서 너만 대단한 일 하는 것처럼 나를 무시하지 말란 말이야."

처음이었다. 내가 반박한 것은. 나는 그동안 그의 말을 듣고 침묵으로 일관하거나, 대충 동조하는 쪽을 택했다. 그게 싸움을 피하는 방법이었으니까. 이렇게 한꺼번에 터질 줄 알았다면 틈틈이 싸웠을 텐데 나는 착한 척을 하느라 그러지 못했다. 그러므로 나는 그동안 아주 오래 곪아터졌던 감정을 쏟아냈다.

그는 내 이야기를 듣고 아주 오래 침묵하다 짐을 싸서 나가버렸다.

처음으로 생각했던 말을 했던 날. 그는 짐을 싸서 나갔고, 문자로 시간을 가지자는 말을 남겼다. 나는 재빨리 전화를 걸었다. 정신을 차리고 보니 말이 심했다 싶었기 때문이다. 그러나 그는 전화를 받지 않았다.

다음날이 되었다. 전화를 걸었다. 고객님은 전화를 받지 않아 음성 사서함으로 자꾸 넘어갔다.

또 다음날이 되었다. 전화를 걸었다. 나는 궁금했다. 도대체 시간을 언제까지 가지자는 것인지 기약이 없어서 답답했다. 그래서 전화를 걸고 또 걸었다. 그러나 고객님은 전화를 받지 않았다.

또 또 다음날이 되었다. 전화를 걸었다. 전화를 받지 않았다. 전화가 문제가 아니라는 생각이 들었다. 그의 집으로 찾아가야겠다고 생각했다. 그러나 생각해보니 늘 그가 우리집으로 왔을 뿐 나는 그의 집을 알지 못한다. 또 한번 생각해보니 우리 사이를 연결해준 사람의 이름도 모른다. 나는 알고 보니 그의 학교 말고는 아는 것이 하나도 없다. 정말 반년을 넘게 사귀었는데, 우리가 아는 게 아무것도 없다는 게 믿어지지 않았다. 그래서

도대체 어떻게 된 일인지, 지금까지 무시당하다가 처음으로 반박조로 내 의견을 말한 것이 그렇게 잘못된 것인지 알고 싶어도 알 수 없었다. 그가 그동안 했던 말로 보아 전혀 심한 말이 아니라고 생각했는데, 그는 지나치게 상처받은 것 같았다.

또 또 또 다음날이 되었다. 이번에는 전화가 아니라 문자를 남겼다. 최대한 다정하게.

"벌써 우리가 연락이 되지 않은 지 오래되었네. 전화를 받지 않아서 이번에는 문자를 남겨. 내가 말이 조금 심했던 것 같아. 내 마음은 그게 아니었는데 말이야. 사실 회사에 다니면서 스트레스도 많았고, 어쩌면 네가 학교를 다니며 공부하고 있다는 사실이 나를 조금 더 옹졸하게 만들었던 것 같아. 네 말이 맞아. 나는 꿈을 잊었는지도 몰라. 그래서 회사를 그만두고 다시 학교에 다녀보고 싶다고 생각했어. 사실 돈은 하나도 중요하지 않아. 너의 예술 세계를 절대로 무시하려던 것은 아닌데 마음과 다르게 말이 나갔어. 이 문자 본다면 내 마음을 이해하고 용서해주길 바랄게. 미안해 정말로."

여기까지 보냈으면 이 이야기는 참 아름답게 끝났겠다. 하지만 이십대 초반의 나는 연애가 무척 서툴고, 무조건 빌고 숙이는 것이 참다운 어른이라고 생각했으므로 여기서 멈추지 않았다. 새 역사를 쓰기 시작한다.

냉정한 그는 다음날이 되도록 연락이 없었다. 나는 이제 될 대로 되라 마음을 먹었다. 그러므로 뵈는 게 점점 사라지게 된다. 여기서 나의 진정한 비극은 심신의 깊은 그곳에 있다. 그가 돌아오기를 간절히 간절히 바란다는 것이었다.

나는 또 또 또 그에게 전화한다. 이번에는 음성 메시지다.

"나야. 우리 시간 가지기로 한 거 기억나니? 혹시 언제까지 기다려야 하는지 말해주면 안 돼? 너 알잖아 나 기다리는 거 잘 못하는 거. 제발 이거 들으면 연락해."

같은 날 저녁 나는 술을 마시기 시작하며 이번에는 이런 문자를 남긴다.

"제발 확실하게 해줄래? 이게 이렇게 회피한다고 될 일은 아니잖아? 내가 그렇게 죽을죄를 졌니 개자식아."

하지만 술을 다 마시고 집에 가면서는 이런 문자를 남긴다.

"내가 다 잘못했어."

그리고 나 혼자 도저히 해결이 불가능한 상태라는 것을 깨닫고 온 동네 친구들에게 소문을 내며 물었다.

"헤어지는 것과 시간을 가지는 것의 차이는 뭐야?"

마음 착한 친구들은 내가 상처받을까봐 이렇게 대답했다.

"완전 다른 이야기지. 아직 끝나지 않았어. 걔는 지금도 생각중일 거야."

사실 친구들은 이렇게 말하고 싶었을 거다.

"야. 그냥 나쁜 놈 되기 싫어서 잠수 탄 거야."

아까도 말했듯이 제발 제발 여기서라도 끝났다면 이 이야기는 조금 덜 지질한 이야기가 되었을 거다. 하지만 나는 포기를 모르는 용감한 여자였다. 이십대의 혈기 왕성하고, 규칙적인 생활을 하는 회사원이었다. 2주 내내 규칙적으로 또 또 또 또 또라고 몇 번을 써야 할지 모를 정도로 연락을 한다. 대부분은 미안히다고 했지만, 시간을 가지는 게 무슨 뜻이냐고 묻다가 그럼 그냥 헤어지자고 말이라도 해달라고 빌다가 마음이 평온한 시절에는, 그는 읽지도 않겠지만 일기를 적어서 보냈다. 나의 최초의 메일링 서비스가 아니었을까 잠시 생각해본다. 아무튼 악플보다 무서운 무플의 혹한기를 견디고, 나는 마지막 용기를 낸다. 마지막으로 목소리라도 한번 듣게 해달라고 간청했다. 그리고 덧붙였다. "이건 예의가 아니잖아. 나한테?" 하지만 예의 따위는 애초에 밥 말아먹은 그는 답이 없었다.

그의 컬러링은 잭슨 파이브의 〈벤〉이었다. 그 노래를 들으면 지금도 트라우마에 시달린다. 그 노래는 이상하게 영원히 끝나지 않을 것 같다.

그는 지금도 답이 없다. 영원히 답이 없겠지. 지 인생처럼. 하지만 이 비좁은 세상에 사는 이상 우리는 어떻게든 소식을 듣게 되어 있다. 영원히 답이 없을 것 같던 그가 이상한 방식으로 내게 소식을 전해왔다.

줄기차게 전화를 걸던 그 시절을 훌쩍 넘어 5년 뒤, 내가 대학원에 다니던 시절이었다. 우리 수업에는 그와 같은 학교의 같은 과에 다녔던 학우가 있었다. 나는 그녀에게 그를 아냐고 조심스레 물었다가 깜짝 놀라고 말했다. 그는 아직도 졸업을 못했다고. 나는 아직도 그가 학교를 벗어나지 못했다는 사실에 경악을 금치 못했다. "뭘 했다고 아직까지 졸업을 못했대요?" 묻자 "집이 어려워서 휴학을 많이 했다나봐요" 했다. 덧붙여 그녀는 내게 어떻게 그를 아냐고 물었다. 그래서 나는 아주 오래된 옛 연인이라고 했다. 언제쯤 헤어진 사이냐고 물었다. 그리고 나는 답했다. 잘 모른다고. 그녀는 그런 게 어디 있냐고 웃었다. 나도 웃었다. 설명하기에 너무 쪽팔렸기 때문이다.

아마 그도 잘 모를 것이다. 우리가 언제쯤 헤어졌는지. 내가 전화를 하지 않기 시작한 순간부터인지, 아니면 그가 짐을 싸서 나갔을 때인지, 시간을 가지자고 마지막 문자를 보낸 순간인지, 나는 잘 모른다. 나는 무지했고 지질했고 그로 인해 쓸데없이 용감해서 심해로 가라앉은 그를 계속 떠오르게 해보려고 애를 썼었다. 동굴에 들어간 그를 불을 피워서라도 끌어내고 싶었다. 그리고 이미 끝난 이야기를 더 써보려고 애를 썼었다. 그 이야기를 어떻게든 이어나갈 수 있다고 과신했었다. 하지만 지금 생각해보면 끝을 끝이라고 인정하지 못했던 것은 나뿐이 아니라는 생각이 든다. 그도 마찬가지였던 것 같다. 어렸으니까. 헤어지자는 말을 쉽게 하지 못했던 것이다. 헤어지자는 말의 무게는 쉽게 감당할 수 있는 것이 아니다. 그냥 그 말은 삼십대 중반이 된 나도 하기 어려운 말이다. 헤어짐을 당하는 쪽이 오히려 마음이 편하다는 것을, 십수 번 헤어지고 나서야 알게 되었다. 물론 그렇다고 내가 그를 용서한 것은 아니다. 하지만 그보다 용서할 수 없는 것은 끝을 끝이라고 눈치채지 못했던, 더럽게 눈치 없었던 나 자신이다. 눈치가 조금 더 빨랐다면 빨리 인정하고 빨리 반성하고 빨리 잊고 빨리 다른 남자를 사랑했을 텐데. 분하다. 그 때문에 두 계절을 날렸다.

점을 찍는 것은 모두에게 어렵다. 그래서 뒤늦게 조금 더 성숙한 내가 조금 더 용기를 내어 여기다 점을 찍는다. 내가 제대로 마치지 못한 유일한 연애는 너 하나뿐이므로 쓴다. 이곳에.

우리가 헤어진 날은 2009년 9월, 내가 네게 더는 전화를 걸지 않게 된 바로 그날이야. 내 점은 거기야. 괜찮아. 네 점은 다른 곳에 찍어도 돼.

데칼코마니

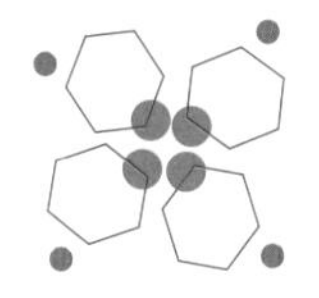

나는 실패하고 싶었다. 사랑에 실패하고 싶었다. 그래서 우습지만 나는 늘 나를 멋지게 망칠 남자를 기다렸다. 망칠 만한 남자는 사실 널려 있었고, 나는 골라도 역시 제일 좋은 것만 골랐다. 가장 최악의 남자를. 먼 미래까지 내 인생을 괴롭힐 최악의 남자를 골랐다.

스물하나, 나는 2년간의 휴학을 마치고 복학을 한 상태였다. 글에 대한 열정이라기보다, 예술에 대한 열정이 타올랐다. 언제나 문예창작과 수업을 최소한으로 들으며 다른 과 수업을 기웃

거렸다. 그 때문에 나는 때때로 연기를 했고, 몸을 움직이거나, 영화나 드라마 수업을 들었다. 배우면 배울수록 역시 예술가는 불행해야 한다고 생각했다. 한 학우가 내게 말했다. "프리다와 디에고를 봐. 정말 미친 사랑이잖아. 용서하면서도 영원히 용서하지 못했잖아." 맞는 말 같았다. 나는 예술가라면 저런 아픔쯤은 하나씩 있어야 해. 그렇게 생각했다. 그렇게 어리고, 어리기에 바보 같은, 위험한 생각은 나를 궁지로 몰아갔다. 매번, 백지 앞에서 하얗게 질린 얼굴로 새하얗게 밤을 지샐 수밖에 없는 이유는 내가 멋진 고통을 가지지 못해서라고 생각했다. 나는 글이 좋아 교수님들의 사랑을 듬뿍 받는 다른 학우들과 나를 끊임없이 비교했다. 역시 상처가 많은 사람이 잘 쓴다. 나는 상처 없이 왠지 착하게 산 것 같다. 지금 당장 상처받을 수 있는 일로 뭐가 있을까? 나는 연애를 떠올렸다. 우습지만 나는 사랑보다는 이별이 하고 싶었다. 처음부터. 그러니까 나는 글을 잘 쓰기 위해서는 실력이 아니라 작품을 위한 멋진 땔감이 필요하다는 어리석은 결론에 도달한 것이다.

2년을 휴학하여 아는 사람이 별로 없었던 나는 그나마 말을 터놓는 가장 절친한 후배에게 부탁했다.

"아무 남자라도 좋아. 상처받고 싶어. 소개해줄 사람 없니?"

후배는 자신에게 굉장히 친절한 옆 학과의 학회장을 소개해 주었다. 후배는 천재였다. 자신에게 친절해서 나쁜 남자는 아니었으나, 알고 보니 나한테는 최악의 상처를 준, 그러니까 내가 가장 원했던 이상형을 내게 소개해준 것이었다.

우리는 만난 지 두 번 만에 사귀었다. 그는 나의 첫 연애 상대였기에 나는 페이스 조절을 하지 못한 마라톤 선수처럼 전력 질주했고 그는 그의 속도대로 연애를 시작했다.

그와 내가 아주 쉽게 빠져들 수밖에 없었던 이유는, 우리가 태어날 때부터 운명이라고 믿었기 때문이었다. 우리는 이름이 똑같았다. 그는 소호였고 나도 소호였다. 그리고 그의 친한 학과 후배의 이름도 소호였다. 한 해에도 한 건물에 세 명의 소호가 다니는 형국에 두 명의 소호는 연인이 되었다. 어디에도 어디서도 말하기 좋은 이 소문은 학교 여기저기 퍼져나갔다.

게다가 우리는 연애하기에 가장 좋은 지리적 요건을 갖추고 있었다. 그와 나는 걸어서 5분도 되지 않는 거리에 살았다. 학과도 같은 건물을 썼다. 그러니까 우리는 24시간 붙어 있을 수도 있었다. 더 많은 시간을 더 좋은 기분으로 채울 수 있었다. 그러나 그는 한 번도 그렇게 하지 않았다. 늦게 대학을 들어갔다는 조급함과 대학에서 꼰대 생활을 하고 싶은 마음이 뒤섞였던 건지, 누가 봐도 엉망진창인 삶을 살고 있었다. 백수 생활을 하다가 군대를 다녀온 후 이 학교에 입학해 그는 끌리는 대로 학교 생활을 했다. 그것까지는 괜찮았다. 하지만 그만큼 군대 문화나 격식을 따지는 것을 좋아하던 그는 그 성향을 마음껏 펼칠 수 있는 예술대에서 '학회장'이라는 자신의 롤에 매우 큰 자부심을 갖고 있었고, 내게 그걸 보여주고 싶어했다. 그래서 우리의 산책 코스는 늘 학교였다. 그는 학과 점퍼를 입고 지나다니면서 후배들의 인사를 받았다. 나는 그의 옆을 지키는 잘 깎아 만든 지팡이 같았다. 옆 학과의 이름이 똑같은 '학회장'의 여자친구. 그게 내가 그 학과에서 불리는 이름이었다. 그러다보니 첫 연애라 소중했던 나와는 정반대로, 그는 나와의 연애를 그냥 시 쓰는 타 학과 예쁜 여자애랑 사귀는 것 정도로 생각하고 있었다. 그랬으니까 200일이 넘는 시간 동안, 모든 순간순간이 추억이 될 수 있는 그 시간 동안에도 나와는 절대로 무엇을 하려고 하지 않았다. 그가 하는 거라곤 나를 데리고 다니며 여기저기 인사나 시키는 것뿐이었다. 그렇게 나는 소비되었다.

그의 마음도 소비되었고, 그 소비된 마음을 전혀 숨길 줄 모르는 남자 소호는 크리스마스 데이트에도 늦었고, 모든 일에 다 늦었다. 남자가 일하다보면 그럴 수 있다고. 네가 학회장이 아니라서 잘 모르는 거라고, 학교일을 보는 건 정말 바쁘다고 그가 그렇게 말했다. 여기 다시 밝힌다. 네 말은 명백한 맨스플레인이다. 나도 총학생회 해봤다. 하지만 너한테 더는 말하지 않았다. 너의 그 알량한 자부심이, 너무 뿌듯해 보여서 소중하게 지켜주고 싶었다.

가끔 그는 내게 일부러 심부름도 시켰다. 무대를 만드는 야간 작업을 하는데 "센스 있게 네가 알아서 학과 아이들 간식을 사 오면 안 되냐"는 것이었다. 아, 물론 내 돈으로. 우리가 결혼을 한 것도 아니고 그 학과가 내 학과도 아닌데, 내가 왜 사 와야 하는 것인지 전혀 이해할 수 없어 거절했다. 그랬더니 그는 그것을 내내 서운해했다. 식성도 까다로웠다. 편식을 한다거나 맛집을 찾는 게 아니다. 그랬다면 차라리 나도 행복했겠지만 2주 내내 햄버거만 먹고 2주 내내 돈가스만 먹고, 아무튼 무엇이든 질릴 때까지 먹는 괴상한 식습관을 가지고 있었다. 지금 생각해보면 그는 사랑도 그런 식으로 했던 것 같다. 빨리 질려하면서도, 질리기 전까지는 계속해서 먹어보는 것.

거절하는 법을 잘 몰랐던 나는, 맞춰주면 뭔가 돌아올 줄 알고 함께 햄버거와 돈가스 등등을 먹어주었다. 식성만큼이나 옷차림도 특이했던 그는 자기 누나 옷을 참 좋아했다. 허리가 잘록하게 드러난 아우터를 걸치고 와서 "이 옷은 역시 남자가 입어도 예쁘지 않냐"고 물었다. "아니. 이거 버리면 안 돼?" 그러나 소호는 말을 듣지 않았다. "내가 예쁘면 입는 거지 뭐. 안 그래? 남의 시선 신경쓸 필요 없는 거잖아."

그걸 입은 너와 걸어야 하는 나, 그런 너를 바라보는 내 눈은 누가 보상한단 말인가. 소리를 지르고 싶다. 내가 제일 좋아하는 미국 시트콤의 전설적인 문장으로.

"MY EYES!!!! MY EYES!!!! MY EYES!!!!"

그는 나의 삶은 늘 등한시했지만 자신의 동기 일이라면 만사를 제쳐놓고 뛰어들었다. 그래서 집이 없다는 온갖 여자 동기들을 자신의 자취방에서 재웠다. 그때도 헤어지지 않았다니 믿어지지 않는다. 헤어졌어야 할 때를 알고 돌아서는 사람은 얼마나 현자인가. 나는 현자가 아닌 멍청이이므로 이렇게 반성하는 글을 쓴다.

좋아해도 되는 사람과, 좋은 사람, 그리고 좋아해서는 안 될 사람. 너는 그중에 누구였을까.

오늘의 너는 좋아해서는 절대로 안 될 사람이다.

그러므로 좋아해봤자 남는 게 전혀 없었던 우리는 사귀는 동안 별다른 재미를 보지 못했다. 제대로 된 데이트를 한 적이 없었다. 일단 서로의 자취방에 드나들면 그뿐이었다. 그는 가성비를 늘 중요시했다. 그가 데려가는 연극 공연도 전부 그와 관련이 있어 공짜 티켓을 얻은 것들뿐이었고, 잠자리를 단 한 번도 가져보지 못한 나를 안산의 어느 모텔에 데려갔다. 내가 처음이라고 하자, 나름 생각을 해 자취방이 아닌 모텔에 데려간 것은 잘 알겠다. 그런데 집이 더 좋다고 느낄 정도로 모텔은 허술하고 부끄럽고 나를 수치스럽게 했다. 내가 부끄러우니 불을 끄자 했고 몸을 작게 말자, 그가 "섹스는 연인끼리 그냥 다 하는 것일 뿐, 해보면 별것 아니야"라면서 최악의 방법으로 나를 위로했다. 하면서는 더 최악이었다. 물론 그때는 내가 비교군이 없어서 말을 못했는데, 벗겨진 그에게 남자다움이란 존재하지 않았다. 그러나 그때는 그게 당연한 줄 알았다. 처음이었으니까. 그래서 나는 친구들에게 묻기 시작했다.

"아무 느낌도 안 나는데 원래 그런 거야?"

친구들은 그럴 리가 없다고 했다.

"성관계는 둘이서 이야기해야 건강하게 나아갈 수 있어."

남자친구와의 대화를 권유했다. 그래서 나는 용기를 가지고 그에게 말했다.

"있잖아. 너는 이게 좋아?"

“나? 그냥 그래.”

“너도 그냥 그래? 나도 그냥 그런데. 아무 느낌도 안 나.”

“그래?”

“응. 이걸 좋아서 한다는 게 전혀 믿지기 않고 도대체 이해되지 않아. 모르겠어.”

“정 그러면 네가 하면서 더 조여봐. 운동도 열심히 하고.”

“무슨 운동?”

“케겔 운동 몰라? 똥구멍 조이면 거기도 같이 조여진대.”

“운동은 왜 나만 해야 해?”

“넌 정말 바보구나. 네가 조여야 비좁아지고 그제야 기분이 좋을 수 있는 거야. 다른 여자들이랑 비교해봤을 때 넌 좁지도 넓지도 않아. 그러니까 좋지도 싫지도 않아. 그럼 네가 우리 관계를 위해 당연히 노력해야지.”

나는 화가 났다. 처음 들어도 이건 아니었다. 다른 여자와의 비교라니 참을 수 없다.

“오빠 고추한테 물어봐. 왜 그렇게 태어났냐고. 지가 작은 걸 어째서 내 구멍 탓을 한단 말이야? 정말 지질하다.”

“아니? 난 많이 자봤잖아. 섹스는 여러모로 늘 노력이 필요한데, 이번에는 확실히 네가 부족한 거야……. 그러니까 운동은 네 몫이야.”

가장 놀라운 사실은 나는 이런 말을 듣고도 헤어지지 않았다. 다음날 사과를 전하기까지 했다. 그러니까 누군가는 아름답다고 말하는 다른 세계를 맛보기 이전이다. 독자 여러분의 이해를 바란다. 다양한 비교군을 만난다는 것은 이래서 중요하다. 따지고 싶을 때, 손절하고 싶을 때, 운명을 알아보고 싶을 때, 바로 이런 데이터 누적량으로 스스로 지혜의 숲의 정령이 되는 것 말고는 방법이 없는 것이다.

그래서 우리의 헤어짐은 오히려 시시했다. 앞의 싸움에 비하면 시시했다. 그는 햄버거나 돈가스처럼 질릴 때까지 나를 먹다가 마음이 변했다. 끝끝내 '내가 졸업을 해 서울에 가면 자주 못 볼 게 뻔하니 미리 헤어지자'는 것이다. 그 새끼다웠다. 모든 이유는 다 내게 있었으며 '네가 무엇무엇을 하지 않았다면' 이런 말들로 시작하는 지긋지긋한 회피와 핑계는 정말 넌덜머리가 났다.

하지만 붓을 든 이상 그림의 끝을 보아야 하는 법. 마지막으로 화룡점정을 찍어보겠다. 지금까지의 묘사는 솔거 선생의 손을 빌려 그를 섬세한 붓 터치로 어루만져 그려준 것이었다면 이제 두 눈알을 그려 생명을 불어넣어줄 차례다.

헤어진 지 2년이 되었을 때 남산에서, 나는 내려오는 길에 그는 올라오는 길에 마주쳤다. 그가 방긋 웃었다. 하지만 나는 정색하고 지나갔다.

그후로 또 2년이 지났다. 혜화 지하철역 같은 칸에서 같은 열차를 기다리고 있는 그와 마주쳤다. 우리는 서로를 본체만체했다.

수백 수천의 유동인구가 있는 이곳에서 어째서 우리는 2년에 한 번씩 마주치게 되는 걸까. 그는 헤어지고 2년 정도는 연락 한번 하지 않았지만, 후에는 여러 번 나에게 '잘 지내냐'는 문자를 보냈고 나는 답하지 않았다. 다만 처음 소개해주었던 후배에게서 아주 괴상한 이야기를 들었다. "나는 정말로 사귀는 동안 최선을 다해주고 잘해줬는데, 그래서 우리는 친구가 될 줄 알았는데 왜 저러는지 모르겠다"고 그가 말했다는 것이었다.

그답다. 사랑이 피자 한 판이라면 모두에게 피자를 나눠주고 그나마 나를 아낀답시고 도우 크러스트 몇 개 남은 것을 가져온 그는, 그 크러스트를 줬다는 것 자체가 애정이었던 것이다. 내가 아닌 사람들은 배불리 새우에 치즈에 버섯 토핑을 먹었을 텐데. 나는 그 생각만 하면 천불이 났다. 그러니까 그는, 자신의 '위치'가 있으니 주변인들의 부수적 희생은 당연하다고 생각했던 것 같다. 나에게는 비극적이지만 아주 투명한 진심이다.

그렇다면 나는 다시 처음으로 돌아가 이 질문을 할 수밖에 없다. 나는 사랑의 실패가 필요해서 그를 소개받았다. 말해보자. 그로 글을 몇 편이나 썼는가? 그는 내 문학에 도움이 많이 되었는가? 결론은 아니다. 살며 쓰며 단 두 번 정도, 미술로 치면 어떤 의미의 오브제로써 출연했을 뿐이다. 그는 내 시집의 그 어떤 리듬을 만들지도, 그 어떤 세계를 짓지도 못했다.

나는 망치고 싶어서 실패하고 싶어서 너를 만났다. 그리고 바라던 대로 나는 실패했다. 사랑만 실패하길 바랐는데, 인생사 뜻대로 안 된다고 한동안 나의 문학도 망했다. 그러나 나는 이 사랑에서 한 가지 배운 것이 있다. 새로운 고통을 애써 찾을 필요가 없다는 것이다. 글이란 낭떠러지로 투신하거나 밀쳐진다 해도 쓸 수 있는 것이 절대로 아니다. 다만 나는 내게 닥친 이 실패를 포기하지 않았다. 울면서 한 땀 한 땀 적었다. 그러나 애써서 만드는 고통이 과연 창작자로서 자연스러운 일이었는지 모르겠다.

다만 이것은 확실하다. 내가 그렇게나 가지고 싶었던 인생의 거대한 고통이자 분노는 이미 아주 오래전부터 함께하고 있었다는 것을, 상대적으로 상처가 적어서 실망했던 과거와 행복하다고 믿었던 가정의 기반에 깔려 있었음을, 나는 그를 통해 온전히 배웠다.

새로운 감정은 없다.

새롭게 느껴지는 감정만 존재할 뿐이다.

그리하여 우리는 이 밤에 끝나지 않는 생각을 붙잡아둔 채로 옴짝달싹 못하게 하거나, 쉼 없이 뒤척이는 것이다.

잘 모르는 사람들

다운로드

나는 술에 취했다. 별 같잖은 남자한테 차인 지 며칠 되지 않았을 때다. 나는 그와 진지한 관계를 꿈꾸고 있었으므로, 차이는 것만으로도 미래를 통째로 날린 기분이 들었다. 그와 결혼까지 생각했는데, 우리의 아이와 그 아이의 아이가 무럭무럭 커가는 모습을 그려보고, 너의 장례식 날 식사 메뉴까지 고민했던 나였는데, 나는 그와 헤어졌다. 나는 맥주에 치킨을 뜯으며 슬픔을 삭였다. 맞은편에는 사랑을 잃고 진상을 부리는 나를 위로하러 한달음에 달려온 친구가 있었다. 친구를 앞에 두고 선언했다. “야, 나 오늘부터 아무나 만난다.” 나는 그 자리에서 소개팅 앱 틴더를 깔았다. 맞은편의 친구는 그게 뭐냐고, 할 줄 아는 거냐고 걱정스럽게 물었다. “잘 몰라. 그냥 일단 만나고 생각은 다음에 할게.” 정말로 틴더를 잘 몰라, 마음에 들지 않는 사람을 건너뛰는(스와이프) 방법을 몰랐던 나는, 온 동네에, 모두에게 라이크, 라이크, 슈퍼라이크를 날렸다. 당시 술을 마시던 장소는 서울의 명동이었다. 나는 서울의 가장 중심에서 서울에 사는 온갖 남자들에게 라이크를 남발하고 매칭이 되었다. 다음 날 술이 깨고 알게 되었다. 나는 얼굴도 이름도 기억도 없이 불특정 다수의 남자들과 잡았던 약속을, 그리고 대화를 수습하러 다녀야 했다.

스와이프하지 못한 라이크의 세계

“잘 잤어요?” 모르는 사람이 내게 물었다. 이제 막 눈을 뜬 나는 그와의 모든 것이 기억나지 않았다. 이름도 나누었던 말도 기억나지 않았고, 심지어 다시 보니 그의 프로필 사진과 자기소개는 꽤나 형편없었다. 내가 왜 이 사람과 말을 섞었지? 후회해도 소용없다. 대화는 이미 아주 길게 진행된 후였다. 어젯밤 나는 온갖 끼 부림이란 끼 부림은 다 부려놓았다. 하지만 후회해도 여전히 소용없다. 나는 당장이라도 나와 만날 것 같았던 그와 거리 두기를 해야 했다. 그냥 별로였다. 대화가 이어지지 않는 것 같았다. 취향도 맞지 않는 것 같았다. 술이 깨고 본 그는 모든 게 별로였다. 센스도 없었다. 그냥 다 싫었다. 내가 어떻게 이 사람이랑 그렇게 오래 대화를 했는지, 이해할 수 없었다.

나의 인내심은 대단했다. 술에 취한 나는 굉장한 인내심으로 심지어 열다섯 명과 동시에 채팅하고 있었다. "안녕하세요. 이소호입니다. 서울 구로에 살고 시를 쓰지요." 여기서 나는 가장 큰 실수를 하게 된다. 본명으로 가입을 했다는 것. 신상 명세를 공개했다는 것. 존나 후회했다. 아마 조금 더 유명했다면 세상 큰일날 뻔한 일들이다. 상대는 어디서부터 어디까지가 진실인지는 모르지만 대충 자신이 회사원이다, 이런 식으로만 소개했다. 나는 커다란 실수를 저질렀기에 그들에게, 그들 모두에게 나쁜 사람이 되어서는 절대로 안 되었다. 남자가 한을 품으면 오뉴월에도 서리가 내리는 법이다. 그래서 그들의 말에 친절하게 답하고 만나자고 하면 얼굴을 뵈러 갔다. 정말 웃기는 일이다. 이미 마음에 들지 않는 사람을 만나러 가기 위해 준비하는 것은. 에너지가 없어서 집에서 누워만 있는 내가, 나쁜 사람이 되지 않기 위해, 실명제의 대가를 치르기 위해 그곳에 간다는 게 웃겼다. 그래도 나는 반사회적인 인간이 아니기에, 어쨌든 만나면 최대한 예의를 차렸다. 오히려 실제 친구들 모임에서 보다 더 예의를 차렸다. 듣기 싫은 말, 귀찮은 말 때문에 고개를 돌리지도 않았다. 재미없는 말에도 웃어주었다. 거리를 유지하려고 노력했다. 그러나 거리를 겨우 유지하고 나서 마지막에는 반드시 망했다. 가령 이런 식이었다.

"진우씨 오늘 너무 즐거웠어요."

"진우? 제 이름은 진우가 아닌데요."

"어? 진우씨 맞잖아요. 경비업체에서 일하는 분…… 아니에요?"

"지금까지 누구와 대화하신 거예요?"

"제가 잠시 헷갈렸나봐요. 정말로, 정말로 죄송합니다."

나는 고개 숙여 사과했다. 알고 보니 이름도 틀리고 직업도 틀렸다. 다 틀렸다. 그럼 그날, 오늘 우리가 한 대화는 무엇이었을까. 무려 두 시간 동안 우리는 뭘 말한 걸까. 나만 떠든 걸까. 나만 사실을 말하고, 그는 계속 모호하게 말해서 내가 눈치채지 못한 걸까? 혼란의 시간을 잠시 겪었다. 그 사람도 그걸 느끼는 것 같았다. 그러므로 우리는 다음 약속은 잡지 않았다. 다음날 그와 나의 채팅창은 폭파되어 있었다. 웃긴 건 그 와중에 나는 내가 차여서 다행이라고 생각했다. 마지막으로 나는 덜 나쁠 수 있어서 다행이라고, 정말로 그렇게 생각했다.

라이크의 세계

스와이프와 라이크는 몰랐어도 그 와중에 어느 정도 라이크했던 사람들은 있었다. 우선 대화가 잘 통하는 사람들이었다. 언어적 센스가 있어서 아무 말을 잘 받아치거나, 내 이야기를 진지하게 들어주려는 사람들이었다. 나를 궁금해하거나, 서로의 일상, 서로의 상황에 대해서 대화를 꾸준히 오래 나눈 사람들이었다. 나는 그들과 오프라인 약속이 잡히면 이전과 같은 실수는 하지 않으리라고 다짐에 다짐을 하며 이름과 그동안 우리가 나눈 대화들을 복기하며 찾아갔다. 일단 처음부터 어느 정도 마음에 들었다. 대부분은 나의 일을 알고 싶어하지 않는, 문학을 잘 모르는 교포들이거나 유학 생활을 마치고 한국에서 일을 시작한 사람들이었다. 그래서 이름도 영어였고, 내 이름도 영어로 생각하는 사람들이었다. 한국 정서를 잘 알지 못해서, 욕을 많이 먹었다는 이야기는 어쩐지 슬펐다. 내가 회사 다닐 때가 생각났기 때문이다. 회사 사람들은 어딜 가나 튄다는 이유로 나를 '예술가' 그 이상 그 이하로도 봐주지 않았는데, 그들 역시 '한국 정서 잘 모르는 교포' 취급을 받으며 겨우겨우 버티고 있었다. 그리고 나는 이전의 실수를 만회하기 위해 나를 프리랜서라고만 소개했다. 한때 회사는 다녔으나, 지금은 그냥 간단한 글을 쓴다고 했다. 그렇게 우리는 자신을 약간 숨긴 채 대화를 이어갔다.

세상이 정말 좁다고 느낀 게 그중 하나는 정말 놀랍게도 시기는 다르지만 내가 살았던 뉴욕의 바로 그 아파트에 살던 사람이었다. 너무 신기해서 소름이 끼쳤다. 우리는 만나서 뉴욕 이야기를 했다. "다시 돌아가고 싶다" "한국은 잘 모르겠다" "매번 다른 사람 취급을 한다"고 말했다. 나는 어쩐지 이방인의 마음이 느껴져 짠해졌고 그들에게 마음을 잠시 두었다. 그렇게 그들과 두번째 약속을 잡았다.

그다음 약속을 잡았다는 것은 번호 교환을 했다는 것을 의미한다. 대부분 카카오톡, 전화, 문자로 간단하게 안부를 묻는다. 하루를 어떻게 지내고 있는지 물어본다. 그런데 이상하게도 그렇게 메시지가 오는 순간부터 그들은 재미가 없어진다. 나에게 흥미가 떨어진 것인지는 알 수 없다. 다만, 본인이 약속을 잡으며 번호를 얻어놓고는, 이상하게도 회사 거래처에 연락하듯 성의 없이 툭툭 보내는 연락들이 거슬렸다. 차라리 안 보내고 말 것이지 읽고 나면 괜히 기분만 상했다. 그래서 나는 나를 성실하게 원하지 않는 그들과의 약속을 쉽게 파투 냈다. 가령 할

머니가 갑자기 아프시다든가, 약속 당일에 급한 미팅이 잡혔다며 미뤘다. 그렇게 나는 다음 약속을 잡지 않는 것으로 그들과 이상한 이별을 맞이했다.

"소호씨. 그럼 언제 시간 괜찮으세요?"

"글쎄요. 이 프로젝트가 언제 끝날지 모르겠어요. 실례가 되지 않는다면 제가 프로젝트를 모두 마친 후에 연락드리는 게 어떨까요?"

"네. 그럼 기다리고 있겠습니다."

설마 아직도 기다리는 것은 아니겠지.

슈퍼라이크의 세계

라이크와 스와이프를 구분하게 된 지 얼마 안 되었을 때, 나는 슈퍼라이크에 대해 알게 되었다. 하루에 두 번만 네가 정말 좋다고 상대방에게 보낼 수 있는 것이다. 하루에 두 명에게만 내 진정한 마음을 표현할 수 있다니, 정말 놀라운 기능이었다. 물론, 돈을 지불하면 온종일 슈퍼라이크를 보낼 수도 있으며 해외에 있는 남자도 만날 수 있다. 무슨 비행기 티켓 같은 것인데, 틴더에 새로운 기능들이 생긴 것이다. 하지만 나는 이런

데 돈을 쓰고 싶지 않았다. 그냥 시간이나 때우며 말을 나누고 싶었다. 물론 나를 소개하는 일은 굉장히 지겨웠다. 그것은 슈퍼라이크나 라이크나 마찬가지이다. 그동안 해왔던 대로 앵무새처럼 인사했다. "안녕하세요. 프리랜서예요." 그러면 그 사람도 앵무새처럼 말을 했다. 그러나 오프라인으로 넘어가면 슈퍼라이크로 맺어진 소중한 인연들은 달랐다. 우선 만나자고 하는 곳도 굉장히 고급스러웠다. 우리는 청담동에 있는 이자카야의 프라이빗 룸으로 들어갔다. 그도 교포였다. 사업체도 많이 가지고 있다고 했다. 나는 부위도 모를 회들을 먹고, 따듯한 사케를 마시며 인생 이야기를 했다. 내가 그때 겪었던 답 없는 고민도 그 앞에서는 편히 꺼내놓았다. 완전히 취해서 "우리 나중에 만나면 드라이브 갈래요?" "우리 다음에 만나면 더 맛있는 것을 먹자"는 등 우리의 말이 조금씩 편해지는 것을 느꼈다. 우리는 완전히 만취한 상태로 호텔에 들어가서 와인을 땄다. 그리고 잤다. 자고, 서로가 서로에게 큰 만족을 느끼며, 옷을 알아서 입었다. 관계가 끝난 후에도 그는 쌩까지 않고 자신의 차로, 나를 집 앞까지 데려다주었다. 다음에 우리 또 만나자고, 정말 즐겁다고 이야기했다.

두번째 슈퍼라이크는 대낮에 한남동 서점에서 만났다. 서

점의 문학 코너를 둘러보고 있는데 "혹시 소호님?" 물었고 나는 그와 이야기를 나누었다. 그는 여러 가지 문화를 섭렵한 문화 덕후였다. 나는 아직 내 작품집이 나오지 않아 그의 기대를 충족시켜줄 수 없었지만, 나는 그가 좋아하는 여러 사람과 아는 관계였다. 특히 그가 가장 좋아한다고 손에 꼽은 웹툰 작가는 나의 가장 소중한 친구였다. 나는 그 친구가 내 프로필도 그려주었다고 자랑했다. 이곳에는 미술관이 많은데, 혹시 '올라퍼 엘리아슨' 전시를 가보았냐고 이야기했고, 서로 전시에 대한 감상을 나눴다. 그리고 근처 새로 생긴 한남동 대림미술관은 조금 더 힙해진 것 같다고, 그림과 이국의 정취를 가까이에 둔 이런 동네는 없을 거라고 우리는 말했다.

우리는 자리를 옮겼다. 어두운 분위기의, 아는 사람만 갈 수 있을 곳 같은 바로 그곳에서 수입 맥주를 마시기 시작했다. 말을 쉬지 않고 이을 수 있다는 게 이런 기분일까. 나는 그와 틈이 없다는 게 좋았다. 서로 어색해하지 않고, 끊임없이 대화할 수 있다는 게 이런 기분일까 생각하니, 오랜만에 설레었다. 나는 금방 사랑에 빠지므로 첫번째 슈퍼라이크가 어떤 잠자리에 불과했다면, 두번째 슈퍼라이크는 말이 잘 통해서 길게 오래오래 갈 거라 생각했다. 말이 잘 통하기에, 계속 함께하고 싶었다. 그와맥주를 마시고 3차로 황탯국에 막걸리를 마시러 갔다. 우리는 막걸릿집에서 완전히 취해서 서로에게 빠져들었다. 한남동은 그냥 있기만 해도 좋네요. 우리는 다음에 만나자는 약속을 했다. 날짜도 정했다.

"소호씨 정말 죄송해요. 회사에 중요한 일이 생겨서 오늘은 못 만날 것 같아요."

"어머, 급한 일이신가봐요. 무슨 일이시길래……."

"중요한 일이라, 제가 한동안 야근을 하게 될 것 같아요. 아시다시피 광고회사는 야근에 기약이 없다보니, 선불리 언제라고 말씀드리기 어렵네요."

"아, 알죠……. 그럼 다음에는 시간 언제 괜찮으세요?"

"글쎄요. 저 혼자 결정할 일들이 아니라서, 괜찮으시다면 일이 다 끝나면 다음에 제가 다시 연락드려도 될까요?"

"그럼요. 저 신경쓰지 말고 일 잘 보세요."

어디서 많이 듣던 변명이다.

어디서부터 잘못된 걸까.

나보다 말이 더 잘 통하는 사람이 생긴 걸까?

우리 그날 즐거웠는데.

잘 어울린다고 생각했는데. 젠장.

노 매칭

결과적으로 나는 틴더에서 만난 그 누구와도 매칭되지 않았다. 채팅창이 가장 많이 개설되었을 때는 무려 150개가 훌쩍 넘었다. 그러나 결과적으로는 전부 노 매칭이 되었다. 연애에서만큼은 지지리 운도 없는 나는, 온라인의 세계에서도 지지리 운이 없었다. 다들 그렇게 틴더에서 좋은 인연을 만난다던데, 나만, 어째서 나만 아무도 만나지 못한 것일까. 내가 마음에 들면 그는 마음이 일찍 떠나고, 그가 마음에 들면 나의 마음이 일찍 뜨는 이 세계는 정말 이상하다. 쉽게 만나니 쉽게 끊긴다. 그렇게 재미나게 놀아놓고 다음에 채팅창이 폭파된 것을 보면 내 인류애와 온갖 정성이 다 털린 기분이 든다. 몰랐던 사람에서 더 모르는 사람이 되어 사라지는 사람들을 보면서 나는 이상하게 허무함을 느꼈다. 과거의 나는 워낙 좁은 범위의 사람만 만나다보니 오프라인에서 만나는 놈은 거기서 거기라는 생각이 만연했다. 그래서 범위를 조금 넓혀보았다. 진정한 사랑을 찾아서 나는 온라인의 세계까지 떠밀려온 것이다. 그러나 온라인의 연애란 오프라인보다 조금 더 충격적이었다. 모두가 나처럼 서로에게 신중한 무엇이 있을 거라 짐짓 생각했다. 아니었다. 가벼웠다. 한없이 가볍게 '스치듯 안녕'이었다. 그리고 이 모든 일을 겪은 후에 고민해보았다. 온라인의 세계에서 겨우 찾은 그 마음은 언제쯤 진심이 되는가. 답이 없다. 조금의 관심을 바탕으로 우리는 가볍게 채팅을 하듯이 말을 섞거나 몸을 섞고 사라진다.

뒤끝이 있는 쪽이 이상한 것이다. 이곳의 룰은 그런 것이다. 하나, 우리는 서로 얼굴을 쓸어넘기는 모양으로 만난다. 둘, 왼쪽과 오른쪽 위쪽을 쓸어 쉽게 표현하고 대화하고 헤어진다. 셋, 내 마음이 있으면 너의 마음이 없고 너의 마음이 있으면 내 마음이 없다. '우리'를 찾을 수 있는 확률은 아주 낮았다. 잊지 말자. 운명적인 매칭은 마른하늘에 날벼락 맞을 확률이다. 그런데 이상하게도 다들 나 빼고는 그 기적 같은 날벼락을 자주 맞는다.

벼락 맞고 싶다.

그는 해가 서쪽에서 뜨는 나라에서 왔어

우리는 온라인에서 만났다. 여러분들이 생각하는 데이트 앱이 아니다. 바로 언어 교환 앱이었다. 그는 처음 내게 영어를 가르쳐주겠다고 말을 걸어왔다. 사실 핑계였다. 그는 나와 데이트를 하고 싶어했다. 사실 나도 영어는 별로 배우고 싶지 않았다. 핑계였다. 나는 심심했고, 우울했고, 일도 잘 풀리지 않았으며 때마침 남자친구도 없었다. 다만 한국 사람이 아닌 색다른 사람을 만나고 싶었다. 그러나 말을 할 때마다 번역기를 돌릴 수는 없었으므로 교포와 채팅을 하다가 얻어걸린 것이다.

이름과 성별 얼굴 정도밖에 모르는 그와 나는 밤새 아무 말을 주고받았다. 별로 할말은 없었다. 우리는 공통점도 없었고 취미도 같지 않았고 앞으로의 미래도 달랐다. 다만 너무 다른 세계에서 왔기에 신기했다. 서로가 하는 일을 설명하는 것만으로도 흥미로웠다. 캐나다에서의 그의 삶, 가족관계, 한국에 온 이유를 알게 되었고, 나는 글을 쓰고 있으며 열심히는 하는데 잘 안 된다고 말했다. 그리고 내 꿈은 내 책을 가지고 독자들을 마주하는 것이라고 이야기했다.

채팅으로 말을 온종일 주고받다가 우리는 손가락이 아프다는 핑계로 전화를 해보자고 했다. 전화 통화로 들은 그의 목소리는 조금 남자다웠다. 나의 상상력을 발휘해 그의 모습을 조합했다. 그가 내 이름을 부르는 상상을 했다. 그 역시 그랬다. 목소리를 들어보니 얼굴을 한번 보고 싶다고 이야기했다. 나는 잠시 고민했다. 얼굴을 보는 게 과연 옳은 일일까?

겨울이었고 눈이 아주 많이 오는 날, 신촌에서 우리는 처음 만났다. 서로 얼굴을 보내주었지만, 생각했던 것과는 분위기가 너무 달랐다. 그는 생각보다 외국인 같지 않았다. 솔직히 너무 한국인 같았다. 정장 구두에 캐주얼한 바지를 입었다는 것을 제외하고는 첫인상은 어쩐지 마음에 들었다. 우리는 조그만 술집으로 들어갔다. 막상 만나 이야기를 해보니 그는 내 예상과는 조금 달랐다. 하도 어른인 척을 해서 내 또래인 줄 알았는데 무려 나보다 일곱 살이나 어린 남자였다. 나이를 안 후로는 나는 그애가 좀 귀엽다고 생각했다. 웃기기도 했다. 그리고 역시 어린애라 그런가 패기 있게 처음 보자마자 본인의 마음을 숨기려고 하지도 않았다. 다른 남자들처럼 셈을 하지도 고민하지도 않았다.

술을 몇 잔 마시더니 그는 이렇게 말했다.

"너는 나 어때? 난 네가 지금 너무 좋아. 키스해도 돼?"

"그런 걸 물어보는 네가 바보 아냐?"

그는 내게 키스했다. 강렬했고 갑작스러웠으며 그러므로 즐거웠다. 그렇게 우리의 짧은 만남은 시작되었다.

막상 만남이 시작되자 그는 이해되지 않는 일들만 저질러놓았다. 솔직히 교포라 그런 것인지 그애라 그런 것인지 지금도 헷갈린다. 다만 교포는 정말 어려운 존재였다는 건 분명하다. 외국인도, 한국인도 아니었다. 제3세계에서 떨어져나온 그는 굉장히 보수적이면서도 개방적이었다. 그러니까, 부모님께 효도

하는 여자를 꿈꾸면서도 성적으로는 개방적이고 쿨한 여자를 원했다. 그는 잠자리를 그 사람을 알아가는 단계 중 하나일 뿐이라고 말하면서 이상형이 "우리 엄마 고생 안 시키는 딸 같은 여자"라고 했다. 나는 선택적으로 진보와 보수를 오가는 그가 너무 황당했다. 차라리 안동 종갓집 종부가 되는 게 낫겠다고 생각했다. 적어도 안동 종갓집 종부는 사람을 헷갈리게 하지는 않는다. 종부는 유교 사상에 맞춰서 살면 된다. 전을 부치고 1년에 스물두 번 제사를 지내고 쥐죽은듯이 있으면 된다. 그뿐이다. 그러나 그는 매번 만날 때마다 관계를 맺자고 하면서, 자신의 눈에 내가 보이지 않으면 나를 단속하고 호되게 꾸짖었다. 내 옷차림을 단속했고, 내 생활 패턴을 단속했다. 집에 일찍 가서 열심히 네 꿈을 위해 글을 쓰라고 했다. 오늘은 몇 문장이나 썼냐고, 네가 그렇게 느리게 쓰니까 아직 책이 나오지 않은 거라고 했다. 화가 나 "네가 그렇게 말하지 않아도 나는 알아서 잘하고 있어"라고 말하자 그는 다 나를 위한 거라고 했다.

더불어 그는 자신의 미래를 굉장히 과신하고 있었다. 전 세계 최상위권 대학을 다녔다던 그는 자기가 공부도 잘하고 똑똑하기 때문에 무조건 내가 자신의 말을 들어야 한다고 생각했다. 그러면서 내게 늘 영어로 퀴즈를 냈다. 대화 도중에 늘 영어를 섞어서 썼다. 내가 잘 알아듣지 못하면 그는 이렇게 말했다. "학교 다닐 때 도대체 뭘 배운 거야. 이렇게 쉬운 영어도 못해?" 하지만 나도 성격이 있었다. 일곱 살이나 어린놈이 별것도 아닌 걸로 날 무시하니 참을 수 없게 되었다. 나는 고민 끝에 조금 유치하지만 똑같은 방법으로 그에게 되받아치기 시작했다. 일부러 다양한 어휘를 구사했으며 그애가 못 알아들으면 "넌 부모님이 한국 사람인데 이 정도 쉬운 한국말도 이해 못해?" 그렇게 망신을 줬다. 안 만나면 될 일인데, 왜 그랬는지 모르겠다. 아무튼 그래놓고는 서로 욕만 섞지 않았지 밤새 개망신을 주는 대화를 했다.

더불어 그는 자신이 캐나다인인 게 무척 자랑스러운 것 같았다. 웃기지도 않았다. 솔직히 한국 문학을 직업으로 하는 내가 캐나다 영주권이나 시민권이 필요해서 그애한테 접근한 것도 아닌데 그애는 국적이 대단한 스펙이라도 되는 양 으스댔다. 어느 정도였냐면 그는 자신과 결혼하면 늙어서 연금을 받을 수 있다고 하며, 내게 한국 이름도 알려주지 않았다. '김'씨 성이라는 것 말고는 아직도 나는 그의 한국 이름을 모른다. 우습지 않은가? 도대체 나는 이름도 모르는 사람과 왜 그렇게 오래 대화했을까?

그와 나는 그렇게 서로 상처를 주는 관계였지만 쉽게 끊어내지 못했다. 자극적이기 때문이었을까, 일상의 일탈이기 때문이었을까. 사귀지는 않으면서도 이상하게 계속 만나게 되었다. 그는 한국에 친구가 없었고 나는 할머니 병간호를 하느라 꼼짝없이 집에 붙잡혀 있었기에 그랬던 것 같다. 지금 생각해보면 그 데이트가 당시 내게 유일한 탈출구였을지도 모르겠다. 그래서 그냥 마음이 흘러가는 대로 썸을 타기 시작했다. 내가 나이를 낮추고 그가 나이를 조금 높였다. 강남의 아주 비싼 와인 바에 가서 외국인 소믈리에가 추천해주는 와인만 마셨고 끝나고는 관계를 가지고, 때가 되면 갈 길을 가면서 우리는 조금 덜 싸우게 되었다. 확실히 연인은 아니었다. 그냥 만나는 사이였다. 여섯 번쯤 만났을 때, 고심 끝에 내가 좋아하는 장소에 그를 데려갔다. 그는 아주 재미있게 놀다가 여느 때처럼 헤어지며 내게 키스했다. 그리고 말했다.

"소호야 잘 들어. 널 사랑하지 않는 남자도 이렇게 키스할 수 있어."

그 말을 남기고 그는 허겁지겁 택시를 타고 떠났다. 그 말은 내가 지금까지 들은 개소리 베스트 안에 속한다. 심지어 나는 한마디도 못했다. 억울해서 전화를 걸었지만, 그는 받지 않았다. "이 새끼야. 나도 심심해서 너와 즐긴 거야." 그 말을 전할 틈도 없이 그는 겨울과 함께, 봄이 오자 사라졌다.

해가 바뀌고 여름이 왔다. 그를 잊고 말고 할 것도 없는 시간이 지났다. 뜬금없이 아닌 밤중에 카톡이 왔다.

"잘 지내?"

역시 한국어를 잘 배우지 못해서 그런가. 창의력 없는 메시지를 보자 웃음이 나왔다. 그는 나를 만나고 싶다고 했다. 나는 궁금해졌다. 그가 어떻게 사는지. 그때는 그렇게 기고만장했는데, 갑자기 풀죽은 말들을 늘어놓으니 어떻게 사는지 내 눈으로 똑똑히 보고 싶었다. 나도 너를 먹고 버릴 수 있다는 것을 보여주고 싶었다. 나는 만반의 준비를 끝냈다.

우리는 처음 만났던 신촌에서 다시 만났다. 처음 키스를 했던 그 술집에 들어가서 그의 하소연을 들어주었다. 그는 나를 만난 이후의 망한 연애를 늘어놓으며 자신이 얼마나 고통받았는지 이야기했다. 그러니까 나는 다를 거라고 생각하고 여기 나온 것 같았다. 그리고 늘 그랬듯이 한번 하자고 했다.

여기서 내가 거절했다고 생각하면 오산이다. 난 잤다. 자고 싫었으니까. 그러고는 냉정하게 나왔다. 그가 샤워하는 동안 옷을 먼저 다 입고 나오며 말했다.

"앞으로는 연락하지 마."

진심으로 이긴 기분이 들었다.

그후로도 그에게 계속 연락이 왔다. 아주 지긋지긋할 정도로 전화를 했고, 문자를 했고, 술에 잔뜩 취한 채 우리집 앞까지 찾아와서 자자고 빌었다. 하지만 사귀고 싶지는 않은 것 같았다. 내 핑계를 대며 너는 일곱 살이 많고, 글을 써서 미래가 없고, 어쩌고저쩌고 말도 안 되는 소리를 지껄였다. 그러나 나는 잠만 자고 싶은 남자와는 말을 섞을 시간도 없다. 나는 너무 바쁘고 너무 소중하다. 나는 내가 아는 모든 단어를 총동원해서 그를 무시하는 말을 했다. 그와 똑같이. 너는 일곱 살이나 어리고 미래도 창창하다고 스스로 과신하고 사실 나보다 이뤄놓은 것도 돈도 없으며 생각이 너무 어리고 책임감까지 없어서 잠만 자고 싶어하는 쓰레기라고. 그래도 그는 굴하지 않고 계속 전화를 했다. 자기 마음대로 내가 따라주지 않자 왜 이렇게 쿨하지 않냐고 화도 냈다. 꼭 연애해야만 너랑 잘 수 있는 거냐며 따지기도 했다. 그놈의 쿨이 뭐길래. 네가 이렇게 매달리는 게 쿨하지 못하다는 건 왜 모를까.

"너랑 별로 자고 싶지 않아. 시간 아까워."

이 말을 끝으로 나는 그를 차단했다.

그는 내가 지금껏 만난 사람 중에 가장 이해가 되지 않는 사람이다. 사실 이해할 가치도 없다. 데이트 중 걸려온 아버지의 전화에 토 한번 달지 않으면서, "아이 엠 프롬 캐나다"라고 말하고, 사사건건 무시하고 가르치려들다가 결국엔 나한테 목매단 그는 참 이상한 사람이다. 그런데도 그 이상함에 홀려서 나도 모르게 데이트를 지속한 사람이었다. 지금은 어디서 뭘 하고 있을까. 아마 그때의 내 나이와 비슷해졌을 너는 무엇이 되었을까. 목표로 하던 미국 회계사가 되었는지 모르겠다. 나는 그동안 책을 내고 독자들을 많이 만났는데 말이다.

나는 이제 너를 이해하지 않기로 했다. 이해가 필요하지 않기 때문이다. 행여나 앞으로도 전화하지 마라. 너는 나와는 정반대인 해가 서쪽에서 뜨는 나라에서 왔으므로. 우리는 그냥 아주 많이 달랐다. 태생부터 그랬다.

우연이 겹치면
운명이라고 믿게 된다

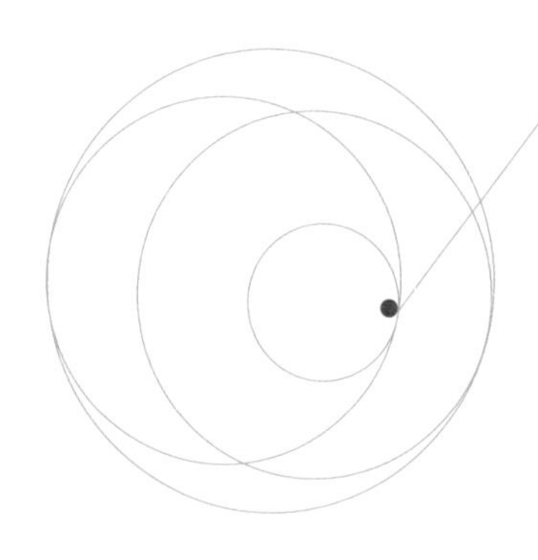

아침에 눈을 떠보니, 나는 어떤 도시를 바라보고 있었다. 버스 안의 사람들은 설렘으로 웅성거렸고, 창문 너머로 거대한 고대 도시 쿠스코가 눈앞에 펼쳐져 있었다. 처음 본 쿠스코의 인상은 이러했다. 붉은 벽돌로 지은 높은 건물들. 잉카의 전통 옷을 입은 페루의 여성들은 화려하다. 관광 자원으로 먹고사는 도시다. 전통과 현대가 뒤섞인 한국의 민속촌 느낌이다. 스마트폰 소매치기가 정말 많다. 외국인을 대상으로 한 사기 사건도 많다. 강매도 많이 이루어진다. 하지만 쿠스코는 쿠스코다. 쿠스코를 그깟 사소한 일들로 미워하기엔 너무 아름답다. 관광 자원을 이용하는 사람이 잘못된 것이다. 너무나 아름다운 여기 쿠스코는 죄가 없다. 나는 숙소에 도착해 짐을 풀자마자 와이파이를 연결했다. 그의 메시지를 받기 위해서였다.

나보다 두 살이 많은 그와 황열병 주사를 맞으러 간 날 만났다. 같은 날 같은 비행기를 타기로 한 인연으로 연락처를 주고받았다. 우리는 어쩌다보니 리마에 이어 이카, 나스카를 거쳐 쿠스코까지 동행했지만 오늘을 마지막으로 헤어질 사이였다. 그는 한 달 코스였고 나는 73일 코스였으므로 출발은 함께했으나 도시를 구경하는 속도나 거처를 옮기는 것에는 조금씩 차이가 날 수밖에 없었다. 그는 늘 서둘러야 했고 나는 결코 서두를 일이 없었다. 이제 마추픽추를 갈 나는 쿠스코에서 이미 마추픽추를 다녀온 너를 기다렸다. 남미 도시라면 어디에나 존재하고 있는 중심지 '플라자 데 아르마스'에서.

나는 카페에 도착해 코카차를 주문하고 오늘을 위해 아껴두었던 이제니 시인의 『아마도 아프리카』를 꺼내서 「페루」를 읽었다. 낭송해보면 더 좋았겠다 싶었지만, 그것은 폐를 끼치는 일이므로 혼자서 조용히 속으로 읽었다. 그리고 이제니 시인이 단 한 번도 페루에 가보지 않고 이 시를 썼다는 말을 기억해냈다. 이 풍경을 보지 않고 이 시를 썼다면 그녀는 천재다 생각했다. 묘사와 감정 그리고 눈앞에 펼쳐진 현실 감각까지 완벽했다. 페루에서 이제니 시인과 같이, 같은 마음으로 내가 읽고 보고 느꼈다.

얼마나 기다렸을까. 코카차로 혀가 조금 얼얼해졌을 때, 쿠스코에서 마지막 밤을 보내게 된 그가 나를 보기 위해 카페로 들어서며 반갑게 인사했다.

"며칠간 연락 안 돼서 답답했지. 그동안 잘 있었어?"

"잘 있었지 그럼. 그래도 진짜 다행이다. 어긋날 뻔했는데 오늘 잘 도착해서 오빠랑 남미에서 마지막으로 얼굴 볼 수 있게 됐잖아."

우리는 밖으로 나왔다. 그가 뭘 하고 있었냐고 묻기에 시집을 읽고 있었다고 했다. 여행에서 책을 읽다니 굉장히 낭만적이네? 그가 말했고, 나는 낭만이라서가 아니라, 해보고 싶었던 일 중 하나였다고 했다. 이 여행을 꿈꾸게 한 시집이어서, 이 장면과 이 모든 순간을 박제하기 위해서였을 뿐이라고 말했다. 심장이 두근거리고 말도 버벅거리는 것을 보니 고산병이 틀림이 없다. 아직도 코카차의 기운이 떨어지지 않은 것 같았다. 혀가 얼얼해서 할말이 한가득이었음에도 나는 말을 제대로 하지 못했다.

고산병의 가장 큰 증세는 숨이 가빠오는 것이다. 숨이 차는 바람에 우리는 아주아주 더디게 걸을 수 있었다. 아주아주 더디게 우리는 한 걸음 한 걸음 세밀하게 쿠스코를, 너를, 나를, 우리를, 관람하며 걸었다. 헐떡거리는 숨소리 사이사이 말을 집어넣으며 앞으로의 일정을 이야기했다. 내가 장난스럽게 오빠가 가면 당분간 저녁 산책은 꿈도 못 꾸겠다고 말하니 저녁에 가장 하고 싶은 게 뭐냐고 물었다. 저녁에, 저녁에는 오빠, 별을 봐야지. 이 오렌지빛의 도시를 가득 채운 별을 봐야지. 어디서 봐야 제일 예쁠까? 그때 내 눈에 들어온 것은 바로 저멀리 언덕에 서 있는 두 팔을 벌린 예수님이셨다.

우리는 더 생각할 것도 없이 택시를 잡아탔다. 아저씨, 저기 팔 벌리고 계신 예수상에 저희를 내려주세요. 하지만 택시 기사가 말렸다. 밤에 가면 위험해요. 알고 있어요. 하지만 너무 가고 싶어요. 왜요? 오늘이 아니면 안 될 것 같아서요. 좋아요, 나는 경고했어요. 너무 오래 머물지만 않으면 안전할 거예요. 그러니까 꼭 보고 빨리 내려와요. 우리는 알았다고 했다. 몇 분이나 꼬불거리는 길을 넘었을까. 아주 조그만 둔덕 같은 곳에 도착해 예수님의 발아래에 나란히 앉았다. 이어폰을 한쪽씩 나누어 끼고 '안녕 바다'의 노래 〈별빛이 내린다〉를 듣고 '쇼기'

의 〈별과 너의 파노라마〉도 들었다. 우리는 내려다보이는 쿠스코 시내를 배경으로 서로의 뒷모습을 찍어주었다. 나는 보았다. 그러나 우리는 침묵을 지켰다. 처음으로 무엇을 보고도 표현하지 못할 수 있구나 생각했다. '별들이 쏟아진다'라는 말은 누가 먼저 적었을까. 쏟아진다는 말보다 더 어울리는 말이 있을까. 아니. 없다. 쏟아진다는 말은 글자 속에나 있는 상투적인 표현인 줄로만 알았지. 진짜로 이렇게 내 머리 가까이에서 별이 쏟아질 줄은 몰랐다. 전혀.

"오빠, 여기 데려와줘서 정말 고마워. 정말 아름답다. 이 별이, 지금 저기 작게 보이는 쿠스코가 나를 아무것도 아닌 것처럼 보이게 해."

그는 내 어깨에 고개를 살포시 기댔다.

"우리가 다시 보려면 며칠이 걸리는 줄 알아?"

"글쎄 60일이 넘게 걸리겠지. 무려 두 달이다."

"우리는 두 달이나 만날 수 없어. 오늘 보니까 너랑 보는 풍경은 더 아름다운 것 같아. 다음에 만나면 우리 또 여행 가자."

"어디로 갈까?"

"한국에서 다시 만나. 한국에 가면 더는 헤어지지 않아도 돼. 지금처럼 두 손을 잡고 한국을 여행하자."

"좋아. 오빠."

이 말을 끝으로 우리는 입술을 맞대고 지키지도 못할 약속을 했다. 아무도 책임지지 않을 말이고 아무도 기대하지도 않은 말이었다. 그러나 그 말은 분위기를 완벽하게 지키는 아주 엷지만 확실한 흔적이었다.

다음날 그는 다른 도시로 훌쩍 떠났다. 그러나 나는 와이파이가 연결되면 그가 읽을 수 있도록 편지를 쓰기 시작했다.

'오빠 안녕. 나는 오늘 크리스마스에 맞춰서 마추픽추에 올라가기 위해서 짐을 쌌어. 오빠는 이미 경험한 풍경이겠지. 너무 떨려. 뭘 보고, 뭘 사서 먹어야 할지 고민돼. 근데 어디를 가나 나는 좀 튀는 거 같아. 이렇게 키 작고 용감한 여자 동양인은 나뿐이거든. 그래도 부딪쳐보려고 해.'

메일을 받은 그는 걱정이 되었는지 그다음부터 아주 섬세하게 내가 할일을 적어주었다. 어느 정도였냐면 기차를 타기 직전에 버터를 통째로 끼워주는 옥수수를 파는 아주머니들이 많이 계실 텐데 꼭 사 먹으라고 했다. 오빠 말이 맞았다. 그 옥수수는 한국에 가서도 생각날 맛이었다. 그리고 그 동네는 밥이 맛이 없으니 차라리 슈퍼에서 빵을 사 먹으라고 했다. 오빠의 말이 맞았다. 오빠는 와이파이를 켜면 어김없이 나타나 도움을 주는 사람이었다. 다음 여행지에 대한 오빠의 가이드를 선물로 매일 받았다.

'다음 도시는 푸노가 될 거야. 투어는 투 타임으로 이루어지는데 나는 개인적으로 저녁에 돌아오는 것을 추천해. 밤에 보는 풍경이 너무 예뻐.'

그중 가장 기억에 남는 건 그가 자신이 묵었던 호스텔 방명록에 한글로 적은 편지였다. 나는 낯선 도시에 가서 처음 보는 호스텔에 들러 죄송하지만 방명록을 볼 수 있겠냐고 물었다. 거기엔 꽤 길고, 단 한 줄도 꾸미지 않아서 마음이 더 가는 투박한 글이 있었다.

'나는 오늘 산책을 했어. 24시간 동안 버스를 타서 연락되지 않는다는 것은 알지만 여전히 궁금해. 도대체 너는 지금 어디쯤 있을까? 늘 문자를 하고 전화를 하지만 이상해. 목소리를 듣는 것과 이렇게 흔적을 남긴다는 것은 다른 이야기잖아. 전에도 우유니 소금사막에 네 이름을 적은 깃발을 꽂았는데 바람이 너무 불어 찢어져버렸잖아. 내가 준비해온 것들은 다 끝났어. 그래서 고민 끝에 여기 네 흔적을 남겨. 한국에 도착하면 나랑 사귀자. 사랑해.'

지구 반대편에는 나를 사랑한다는 글이 떠다니고 있다.

나도, 사랑도 없이 떠다니고 있다.

그리고 나를 사랑한다던 그도 이제 내 세상에 없다.

순수한 고백은 대상을 전부 잃은 고백이라는 생각이 들었다.

마음 말고는 그 어떤 것을 교류하지 않았기에, 말뿐이기에 말로만 남은 고백.

하지만 나는 그에게 아무런 답도 쓰거나 말하지 않았다.

"읽었어?" 한껏 기대에 찬 그의 말에 "아니. 거기 그 자리에 없던데" 거짓말을 붙였다.

나는 여행을 하는 동안 많이 지쳐 있었다. 그의 메시지가 전부 좋지만은 않았다. 어떤 때는 그의 배려가 지나친 부담으로 다가오기도 했다.

불꽃은 너무 짧았고, 여운은 홀로 길었으므로 나는 여행 중반에 들어서고부터는 무언가 걷잡을 수 없이 타고 있는 불길을 보듯 너를 구경하고 있었다. 한결같은 그와는 다르게 나는 전과 같지 않은 마음을 지녔다.

그래도 그때는 좋았다.

그때였기 때문에 그가 좋았다.

지면을 빌려 나 역시 적어본다.

그에게 단 한 번도 하지 않은 말이다.

사랑한다. 사랑했었다.

그것이 단지 여행의 설렘에 뒤섞인 기분에 불과했을지라도.

운명이 아니라 우연이었다면

분명 어제까지는 사랑했던 것 같은데, 오늘 보니까 그것도 아닌 것 같다. 이상하다. 언제부터 애정이 짜증으로 바뀌었는지 모르겠다. 이렇게 손바닥 뒤집듯 쉽게 뒤집어질 마음이 아닌데 어째서 나는 너를 생각하면 짜증이 나는가.

그가 질리게 된 데는 몇 가지 이유가 있었다. 여행을 시작한 지 한 달도 지나지 않았을 때부터였다. 며칠 만나지도 않은 그가 언제 볼 수 있냐고 묻는 것도, 밤마다 통화해야만 하는 것도,

그가 준비한 이벤트도 지긋지긋했다.

우리는 취향이고 뭐고 맞는 게 하나도 없었다. 우연히 같은 장소에서 비현실적으로 아름다운 무엇을 보았을 뿐. 너의 걸음걸음을 뒤쫓느라 나는 그게 깜빡 운명적인 사랑이라고 생각했다.

예상된 결과였다. 나는 점점 그가 지루해졌다. 계절과 국가를 넘나들며 우리 사이에 시차가 생기면서 그는 내가 보낸 시간을 자신에게 묘사해주길 바랐다. 나는 밤마다 전화통을 붙잡고 그에게 그날 있었던 일을 말해야 했다. 그러면 그는 어느 도시에 가면 무엇을 먹어야 하는지 알려주었고, 내가 그것을 먹고 인증사진을 보내지 않으면 크게 실망했다. 예상치 못한 일이었다. 잠시 만나고 스쳐지나갈 줄 알았던 우리는 어쩌다 이렇게 된 걸까. 그래, 성급하게 뭘 주워먹으면 탈이 난다. 페루에서 그와 키스를 하는 바람에 웬 혹이 하나 생긴 기분이었다.

여행이 길어질수록 내가 달게 된 그 혹은 섬세하다는 것을 알았다. 그렇지만 생각보다 똑똑하지는 않았다. 그는 나에게 편지를 자주 썼다. 우리가 여행을 다닐 당시는 2011년. 남미는 로밍도 되지 않던 시절이다. 그래서 우리는 와이파이 존을 찾아다니며 소식을 듣거나 안부를 전했다. 와이파이가 켜지는 순간 쏟아지는 메시지들을 볼 때마다 조금 소름이 끼치기도 했다.

그는 정말 사사건건 자신의 일과를 보고했다. 그리고 내가 앞으로 해야 할 일들을 읊어주었다.

그는 기본적인 맞춤법을 자주 틀렸다. 나는 처음에는 되물어보는 방식으로 틀린 글자를 고쳐주었다. 그게 자존심이 상하지 않을 것 같았다. 그러나 나의 섬세한 '혹'은 똑똑하지도 않았을뿐더러 부끄러움이 없었다. 틀렸다. 솔직히 나도 문학을 공부한 것치고는 맞춤법이 엉망진창인 사람이다. 그러나 그의 맞춤법은 정말 못 봐줄 정도였다. '빨리 낳아'라는 문자를 본 순간 나는 천년의 사랑이, 식었다. 우리가 그동안 켜켜이 쌓아왔던 아름다운 풍경과 타이밍이 한순간에 차갑게 식는 것을 느꼈다. 그뿐만이 아니었다. '굳이'를 '구지'라고 '네'를 '내'라고 쓴다든가 쌍시옷을 언제나 생략하는 그는 초등학교도 제대로 나오지 않았을지도 모른다는 합리적인 의심까지 들게 했다. 나는 그에게 그것이 거슬린다고 말하기 전에 수십 번을 고민했다. 혹시 내가 문학을 전공해서 그의 문장이 이상해 보이는 게 아닐까 고민했다. 아니다. 맞춤법이 아니더라도 그는 멍청했다. 사랑으로 콩깍지가 씌어 있어서 그렇지 그는 처음부터 끝까지 멍청이였다. 지금까지 내가 만난 남자 중 가장 기본 상식이 없는 남자였다. 그리고 모르는 것을 당당하게 내세우며 이제부터 알면 된다고 말했다. 나는 며칠을 고민했다. 그에게 문자가 오면 눈을 질끈 감는 지경에 이르렀다. 정말, 정말 고심 끝에 말을 꺼냈다.

"저기 오빠, 나 할말이 있어. 내가 며칠 동안 고민했는데 오해하지 말고 들었으면 해."

"뭔데?"

"정말 말해도 될지 모르겠는데……."

"괜찮아. 어서 말해봐."

"어, 그러니까…… 오빠 맞춤법 공부 좀 해야 할 것 같아. 너무 엉망이야. 솔직히 나도 맞춤법 진짜 엉망이거든? 나보다 엉망인 사람을 나는 난생처음 보았어. 오빠가 틀리는 것은 초등학생도 틀리지 않는 거거든."

그는 굉장히 부끄러워하더니 공부를 해보겠다고 했다. 하지만 말뿐이었다. 그는 그후에도 자꾸 나에게 뭘 낳으라고 했다. 젠장. 이불 속에 푹 파묻혀 응애응애 울고 싶다.

아무튼, 그다음부터 그에 대한 나의 애정 수치는 확실히 줄었다. 그가 멍청하다고 생각한 순간부터 그가 뭘 사줘도 한없이 바보같고 집에 돈만 많은 애라는 생각이 들었다.

더불어 내가 제일 싫어하는 단점이 그에게는 한 가지 더 있었다. 그는 훗날 자신이 염원하던 여행회사에 들어갔다. 가끔 심야 시간대 홈쇼핑 방송에서 그가 중국옷을 입고 중국인 분장을 하고 장가계 여행 상품을 팔기도 했다. 나는 그가 나를 만나러 올 때 차라리 홈쇼핑 채널에서 준 금박무늬 중국 전통 옷을 입고 나왔으면 좋겠다고 생각했던 적이 한두 번이 아니다. 적어도 그것은 의도가 다분한 옷이니까.

'르꼬끄'라는 브랜드를 아는가? 프랑스 수탉이 그려진, 요란한 색을 아주 잘 쓰는 스포츠 브랜드인데 그는 나와 연애를 하는 내내 그 옷들을 입었다. 단 한 번도 무채색으로 옷을 입고 나오는 것을 본 적이 없다. 그가 무채색을 입었으면 좋겠다고 계속 바랐지만, 그는 오히려 내 옷이 칙칙하다며 한 아이템에 색이 적어도 다섯 개는 들어가는 옷을 선물했고 내가 그걸 입고 나오지 않으면 실망했다.

사람들은 이렇게 물을 것이다. "그럼 너도 옷을 선물하면 되잖아?" 알고 있다. 나도 선물했다. 하지만 그는 입지 않았다. 그는 출근할 때 르꼬끄를 입고 가서 회사 화장실에서 양복으로 갈아입은 뒤 일했고 퇴근하면 다시 르꼬끄로 갈아입고 나를 만나러 왔다. 덕분에 그는 늘 저멀리서도 빛이 났다. 정말 화려한 차림으로 나를 만나러 왔고 그와 함께 걷는다는 건 거대한 용기를 품는 것과 같았다. 그가 내 손을 잡고 명동을 걸으면 난 손을 떨치지도 못하고 죄수처럼 고개를 숙였다.

"옷이 르꼬끄밖에 없어? 도대체 르꼬끄가 얼마나 좋은 거야?"

"나는 르꼬끄가 너만큼 좋아."

이번에는 수탉의 목을 비틀어보고 싶다. 다시는 수탉이 울지 못하게. 그래서 아침이 영영 오지 않아, 그가 르꼬끄를 입지 못했으면 좋겠다.

·

이제 우리의 헤어짐에 대해서 말을 해야겠다. 우습게도 우리가 헤어진 것은 맞춤법 때문도 아니고, 르꼬끄 때문도 아니었다. 이번에는 내가 학생이었고 그가 회사원이었다. 순전히 내 입장에서만 말해보자면 나는 문학상에 투고하느라 남자친구의 쓸모를 느끼지 못하고 있었다. 남자친구는 나에게 해서는 안 되는 말인, "나로 시를 써봐" "내가 지금 아무 단어나 줄 테니까 써봐" "진짜 시인이라면 즉석에서 쓸 수 있어야지" 3단 콤보를 날렸다. 정말 여러모로 최악이었다. 나중에는 신춘문예 기간에 여행을 가지 않는다고 아주 크게 화를 냈었는데 나 역시 너무 화가 났다. 나는 인생이 걸린 문제인데, 이 친구 눈에는 '글 쓴다고 노는 내가' '회사원인 자신의 시간'을 맞추지 않는다고 생각하는 것 같았다. 여기서부터 감정의 골은 깊어진다.

우리는 만나면 만날수록 내가 그를 이해하지 못하는 만큼 그도 나를 이해하지 못했다. 그래서였을까. 그는 점점 회사 생활에 집착하고 있었다. 회식에 빠지지 않고, 입사 동기들끼리 1박 2일 여행을 가고, 나와 전화를 하는 둥 마는 둥 하며 하루를 마쳤다.

여행 인솔자가 되고 싶었던 그는 중국 팀에서 인솔자로 보직을 옮겼다. 나는 뭔가 이상하다고 생각했다. 그러나 이상함을 구체적으로 감지할 틈도 없이 그는 인솔자 자격증 실기를 봐야 한다며 유럽으로 20일 코스 패키지를 떠났다.

엄마가 어릴 때 했던 말이 생각났다.

"여자가 그런 예감이 들면 대부분 그게 맞는 거란다."

틀린 적이 없는 슬픈 예감들. 나는 그의 '네이트온'에 접속했다. 알 수 없는 기운에 이끌려 들어갔다. 이유는 알 수 없었으나 나는 그의 네이트온을 봐야겠다고 생각했다. 비밀번호도 알려준 적이 없는데, 유추하여 로그인했다. 단순한 사람이었으므로 쉬웠다. 판도라의 상자는 열리고 나는 그가 그동안 회사에 집착했던 이유를 알 수 있었다. 그는 그녀와 점심을 먹고, 저녁을 먹고, 집에도 데려다주고, 동기라는 핑계로 2대 2로 맞춰서 1박 2일로 여행도 가고, 너무 보고 싶다는 개 같은 소리를 당장도 나누고 있었다. 내게는 바빠서 시간이 없다고 해놓고는, 두 눈을 시퍼렇게 뜨고 지금 그 여자랑 온갖 사랑의 대화를 속삭이고 있는 것을 실시간으로 보았다. 너무 화가 나면 웃음이 나온다는 게 사실이었다. 그러니까 살면서 처음으로 잡은 바람의 증거는 유치하기 짝이 없었다.

이탈리아에서 세상 바빠 한동안 연락이 되지 않을 거라던 그에게 나는 전화를 걸었다.

"나 앞으로 전화 다시는 안 할 건데, 네가 회사일이라며 나를 기만한 이 시간을 나는 잊지 않을 거야. 너 아빠 딸 놀이하면서 회사 다니는 거 역겹다. 네 나이가 서른인데 엑스 언니도 아니고 무슨. 언제 적 가족놀이야? 서로 아빠 딸 이렇게 부르던데, 나만 꺼지면 부녀끼리 섹스도 하겠다, 야. 내가 충고 한마디할게. 다음부터 누군가랑 끝내고 싶으면 말로 해. 이렇게 뒤에서 바람피우면서 사람 간보다가 갈아타지 말고. 대단하지도 않은 새끼가 웃기고 있네."

나는 대답도 듣지 않고 전화를 끊었다. 이게 우리의 마지막

통화였다. 하지만 호기심이 왕성한 나는 그의 안부가 궁금해졌다. 몇 년 전 그의 이름을 구글에 검색해보았는데, 바라던 대로 인솔자가 된 것 같았다. 친절한 인솔자 후기에서 그애의 이름을 보았다. 그리고 지금은 뭐가 됐는지 모르겠다. 코로나 때문에 하늘길은 막혔고, 정규직이 아닌 인솔자는 아무것도 할 수 없을 테니 말이다.

이쯤에서 남미에서 그와 했던 약속을 하나 떠올려보고 싶다.

우리는 시간과 장소가 처음으로 벌어지게 되는 날 그런 이야기를 남겼다. 오빠, 한국에서 다시 만나. 한국에 가면 더는 헤어지지 않아도 돼. 지금처럼 두 손을 잡고 한국을 여행하자.

하지만 우리가 간과한 것이 있었다. 여행 메이트는 길이 두 갈래로 나눠진다는 것을, 우리는 몰랐다. 여행의 출발점에서 만났던 우리는, 아무리 수십 번 출국하고 수십 번 귀국한다고 하더라도 한국에서의 삶은 영원히 새로운 세계가 될 수는 없었다. 우리는 완전한 두 개의 선분을 달리고 있었다. 어느 점에서 잠시 만났을 뿐이다.

여행이 아니었으면 만나지도 않았을 너와 나를 생각한다. 나는 네가 보지 않는 사이에 아주 많이 자랐다. 이제 조금 더 좋은 호텔에 묵고, 조금 더 부드러운 침구를 덮고, 걷지 않고 택시를 타며, 조금 더 좋은 캐리어를 끌고 다니며 더는 물건값을 100원 200원을 깎느라 소리지르지 않는다.

안전하고 안락하게 여행할 것이다.

처음부터 내 말이 맞았지?

너나 나나 처음부터 덥석 편도가 아닌 왕복 티켓을 샀던 것은 대단히 현명한 선택이었다. 참 다행이다. 깜빡 휩쓸려서 순간 망할 뻔했네.

도망자들

술만 마시면 전화를 하는 잡범들이 있다. 그들은 늘 만취한 상태로 혀가 꼬부라진 채로 내 이름도 제대로 부르지 못할 상태가 되어서야 나를 찾는다. 이름도 엉망으로 부를 정도로 취했지만, 이상하게도 그들의 콘텐츠는 한결같다. 내용만 살짝살짝 바뀌는데 아무리 들어도, 들어도 재미있었다. 대부분은 사랑을 속삭이다가, 잘못했다고 빌었다. 그러면 나는 그 용기가 가상하여 늘 용서해주었다. 뻔뻔하고 새로웠던 그들의 말은 집순이인 나에게는 늘 재미있고 진귀

한 사연이었다. 그래서 나는 밤늦게 온 전화에서 그들이 뭐라고 할지 너무 궁금한 나머지 전화를 차단하지 않고 꼭 받았다. 어느 날엔 내게 다정하고 어느 날엔 나에게 왜 자기 마음을 몰라주냐고 볼멘소리를 해대서 롤러코스터를 타는 기분이었다. 그래서 나는 그들의 전화로 자존감을 채우기도 했다. 여러 남자의 마음을 쥐고 흔드는 영락없는 차가운 도시 여자 같은 기분이 들었다. 사귀는 순간 을이 되는 연애만 했던 나는, 이 순간만이 갑이 된다는 것을 여러 연애를 통해서 배웠다.

술이 깨고는 대부분 전혀 다른 세계가 펼쳐진다. 먼저 그들의 공통적인 문제는 새대가리라는 것이다. 판사 앞에 앉은 피의자처럼 매번 "기억이 잘 나지 않습니다"를 시전한다. 그런데, 누가 봐도 너는 너무 또렷하게 기억하고 있는 것이 보인다.

"어제 나 실수한 것 없지? 기억이 나지 않아."
"진짜 기억 안 나?"
"어제 너무 많이 취해서……."
"좋다는 것도 그럼 진심이 아니야?"
"다 그렇다는 건 아니지. 근데 이렇게 불편한 이야기를 우리 꼭 해야만 해? 난 기억도 안 난단 말이야."

이 대화로 더 명확해졌다. 너는 기억하고 있다. 사랑한다고 울부짖다가, 사랑한다고 한 게 마치 고백처럼 되어버렸기 때문에, 수습하기 위해 어쩔 수 없이 전화한 것이다. 진심으로 기억이 나지 않는다는 거짓말이 최악이다. 누가 봐도 그들은 기억하고 있다. 진정으로 기억이 나지 않으면 수습할 필요도 없다. 나는 밤새 고민했는데. 나쁜 새끼들.

내가 밤새 설레는 마음으로 고민을 했을 때마다 그들은 자신의 수치심이 다 가실 때까지 기다렸다가, 본인이 원할 때만 나를 찾는다. 그게 나를 기만하는 거라고 전혀 생각하지 못했다. 나도 즐겼다. 가끔은 그렇게 전화를 받다가 진심으로 사랑에 빠지기도 했다. 나는 김동률의 〈취중진담〉이란 노래를 듣고 자랐다. 그 노래는 용기 없는 수줍은 남자들의 고백이라고 생각하고 언젠가는 나에게 그런 일이 일어나길 바라며 자랐다. 그것은 나의 로망이었다. '그래, 나 취했는지도 몰라. 실수일지도 몰라' 이렇게 시작되어 '이젠 고백할게 처음부터 너를 사랑해왔다고'로 치닫는 이 노래가 로맨틱한 고백이라는 것에 분명하게 힘을 실으며 살았다. 그러므로 이 노래는 그 어떤 부분도 지질하지 않고 진심으로 아름답다고 생각했다. 하지만 그들에게 누가 알코올을 주입하고 손가락으로 내 번호를 누르게 한 것도 아닌데 '실수일지도 몰라'까지만 부르고 말았다. 뒤는 영영 부르짖지 않았다. 나만, 당신의 다음 구절을 기다렸고 그러니까 나는 그들이 적막한 내 인생을 구원해줄 거라고 생각했다. 그 감정이 조금 넘치게 되면 그것이 사랑이 될 거라고 굳게 믿었다. 하지만 그건 역시 나의 착각이었다.

도망자들의 두번째 특징에 대해서 이야기해보고 싶다. 그들은 늘 자신이 '이성적'이라고 한다. 나와는 다르게 이성적 판단이 있기 때문에 우리는 이성異性이 될 수 없다는 것이다. 술을 마시면 나를 원하지만 술을 마시지 않았을 때는 갑자기 감정은 수그러들고 없었던 이성이 생겨나며 판단한다. 사실 어제는 감정적으로 말했다는 것이다. 이 바닥에서 이성異性이 되면 우리는 앞으로 영영 볼 수 없으며 나중에 어떤 술자리에서도 마주치기 껄끄럽고 앞으로 예술 활동을 하는 데도 힘들 것이라는 이야기다. 예술판이 아닌 다른 곳에서 만난 남자들도 마찬가지다. 우리가 사귀게 되면 뭔가 책임을 져야 하고 앞으로 해야 할 일들이 있고 어쩌고저쩌고 떠들어대는데, 자세히 살펴보면 정성스러운 개소리일 뿐이다. 말이 번지르르 너무나 아름답고 정성스러워서 깜빡 속을 뻔했지만, 사실 그냥 그 모든 것을 걸고 나와 만나고 싶지 않다는 말에 불과하다. 마치 감성만 앞서는 나와는 다르게 자신이 중심과 무게를 잘 잡고 정신을 똑바로 차려서, 즉, 자신의 이성적 판단으로 말미암아 우리는 조금 더 오래 보아야 한다는 말도 안 되는 핑계로 나를 정리한다. 뭐랄까, 마치 극단적 이슬람 종교에서 여자를 억압하는 이유가 여자를 보석같이 여기기 때문이라고 말하는 것과 뭐가 다른지 모르겠다. 그래놓고 술 처먹고 또 전화할 거면서 그들은 늘 이성적인 판단을 내게 요구한다. 물어보고 싶다.

이성은 균형이고, 감성은 나쁜가?
왜 감성은 언제나 촌스러운 것으로 치부되는가?

도망자들의 세번째 특징은, 일단 상대를 붙잡아두는 것이 중요하므로 흘리는 말을 자주 한다. 예를 들어보겠다. 이것은 실제 내가 겪은 일이다. 나는 때마다 청혼을 받는다. 물론 취중 청혼이다. 아침에 모닝콜을 해달라고 하고, 때마다 단둘이 만나 데이트를 한다. 내가 사귀자고 하면 그는 갑자기 마음이 변해서 뒤로 물러난다. 청혼한 것도 아니고 단순하게 한번 만나보자는 것인데, 싫다고 한다.

"미안한데, 우리가 사귀는 건 아직 이르다고 생각해."
"데이트하고, 손잡고, 키스하고 할 거 다 했는데 도대체 뭐가 더 필요해?"

"사귀는 건 다른 문제지."

"어떻게 그게 다른 문제야? 너 지금 좋아하는 마음도 없는데, 그냥 그날그날의 분위기 때문에 그랬다는 거야?"

"그렇게 말하면 내가 나쁜 사람 같잖아. 아니지 당연히. 조금 복잡한 문제야."

그들에게 복잡한 문제란, 몸과 마음이 따로 노는 것이다. 이성과 감정의 싸움과 비슷하다. 막말로 어장 치고 싶은 것이다. 그에게 나는 한 마리의 위험한 짐승이다. 때문에 나를 잃기는 싫으나, 가지고 싶지도 않은 것이다. 가지면 부담스러우니까. 책임져야 하니까. 그러므로 자기 자신이 잊혔다는 생각이 들면 다시 열렬히 구애한다. 귀신같이 어떻게 알고 정말 잊힐 때쯤, 마침표를 찍기 바로 직전에 전화가 와서 다시 이 질긴 인연을 이어간다. 그리고 약속을 잡는다. 다음날 술이 깨면 취소될 만한 약속을 늘 잡는다. 그 약속들 가운데 열에 하나는 진짜 약속으로 이어지기도 한다. 그 약속은 뭐랄까, 우리가 어떻게 된 영문인지 도통 알 수 없는 데이트로 이어진다. 그야말로 그의 말대로 조금 복잡해진다. 내 기분도 복잡해진다. 오랜만에 밖에 나와서 그의 이야기를 듣고 있으면 뭔가 마음도 수그러든다. 그래 내가 너를 정말 좋아했었지. 좋아했지만 우리는 안 되는 사이였지. 왜인지 모르지만.

네번째, 그들은 비밀이 많다. 비밀이 많은 사람은 대부분 날 위해서라고 하지만 사실 날 위한 것이 아니다. 그들과 사귀면 손해는 내가 많이 본다. 나는 여자다. 여자는 꼬리표를 달고 싶지 않아도 누가 자꾸 달아준다. 새로운 남자친구를 사귀어 어딘가에 데려갔을 때도 사람들은 거기서 전 남자친구 이야기를 스스럼없이 했다. 헤어진 지 5년이 넘은 전 남자친구 이야기를 무려 5년 동안 들었다. 반면 그가 이전 여자친구 이야기를 얼마나 들었는지는 내가 알 길이 없다. 어쨌든 여자가 손해인 것은 확실하다. 그사이에 비밀스럽게 새로 연애를 해도 내게 계속해서 꼬리표가 붙는 것을 보며, 급기야 떼어내는 것을 포기하기에 이르렀다. 그 모습을 다른 사람들도 확실히 목격했으니, 이소호의 새로운 남자친구 자리는 영 부담스러운 것이다. 언젠가 연애는 들키게 되어 있고, 잘 지켜진다고 하더라도 불편할 일이 불 보듯 뻔하니까. 당연하다. 하지만 내가 할 이야기는 이게 아니다. 그들이 지키려는 비밀이란, 자기 자신이 저질러놓은 일들을 내게 입막음시키는 것이다. 나에게 관심이 있는 남자들은 굉장히 양가적 감정을 가지고 있다. 자기 자신이 언제 내 작품에 나올지 고대하면서도 어떻게 쓰일지 굉장히 두려워한다. 내 작품을 봤다면 당연히 좋게 쓰일 일은 거의 없을 거라는 것을 알 텐데도 언제나 자신의 이야기가 작품화되면 기뻐한다. 그러면서 검열하려 한다. "내가 이런 말은 하지 않았잖아" "내가 이렇게 나쁘지는 않잖아" 변명을 늘어놓으며 자신은 그런 적이 없다고 발뺌한다. 그럼 나는 "맞아. 너 그런 말 한 적 없어"라고 따스하게 덮어주었다. 사실이 아니다. 사실 도망자들은 그렇게 말했다. 나빴다. 자신이 얼마나 나빴는지 텍스트로 보니까 좀 달라 보였을 뿐이겠지. 그리고 모든 기억은 자신에게 유리하게 왜곡되기 마련이다. 실제 논픽션을 쓴다고 하더라도 내 두 손을 거치는 순간 픽션이 되는 것이다. 어쩔 수 없다. 그러므로 내 손을 거쳐간 나의 모든 도망자들은 픽션의 나쁜 놈 공동 주연인 것이다.

마지막으로 이야기하고 싶다. 도망자들은 절대로 처음부터 도망자였던 적이 없다. 그러기에 언제, 어디서나 발견된다. 며칠 전까지 당신의 가장 온전한 친구였지만 그들은 갑자기 도망자들로 바뀔 수 있다. 다정한 친구였다가, 내 고민과 비밀을 함께 짊어지다가도 썸인지 뭔지를 타는 것 같다가도 후다닥 사라진다. 도망자들과 연인이 되려면 일단 나라는 존재가 부담스럽지 않아야 한다. 그의 집에 놓인 토템처럼 가만히 놓인 채, 돌부처 같은 마음이 돌아설 때까지 기다려야 한다. 그를 모두 이해해야 한다. 그의 일정과 그의 모든 인간관계를 구속하지 말고 받아들여야 한다. 서운해하지도 말아야 한다. 왜냐하면 아직 연인이 아니기 때문에 나에게는 서운해할 권리가 없다.

그런데 말이다, 꼭 이렇게까지 연애를 할 필요가 있나 싶다. 그들이 그렇게 대단한 존재도 아니고 그들은 그냥 별것도 없는 한낱 회피성 겁쟁이에 불과한데, 내가 왜 그렇게까지 기다려서 그를 사귀어야 하는가. 생각해봐라. 그러기에 나는 너무 아깝다. 그냥 전화나 받고 즐기면 되었던 것이다. 하지만 나도 인간이고 나약한 시간이 있다. 누군가에게 기대고 싶고 홀로 세상을 짊어진 듯한 고통에 시달릴 때가 종종 있다. 그 시간에 도망자들에게 잡힌다면 방법이 없다. 그가 하자는 대로 그가 시키는 대로 부담을 주지 않으려고 애쓰다가 내가 하고 싶은 말은 한마디도 못하고 인간관계도 커리어도 망칠 수 있다. 왜냐하면 그를 신경쓰는 데 내 하루를 쏟느라 정신이 없다. 하지만 그는 여유롭다. 애초에 애달픈 것은 내 쪽이었으므로 그는 여유롭다. 아무렇지도 않다. 왜냐하면 소호는 호구니까 소호는 전화하면 언제나 받고 언제나 나오라고 하면 나오고 소호는 그래도 되기 때문에 적절히 잊히지 않을 만큼만 가끔 연락해 주고 흔드는 말 몇 마디 던지면 되는 것이다. 그러나 잊어서는 안 되는 것이 있다. 그는 맹수이다. 내가 가장 힘들 때, 몇 걸음 떼지도 못하고 주저앉아 있을 때를 노리고 있다. 가장 굶주려 있을 때를 포착하여 나를 물고 놓고, 다시 물고 놓는다. 그러니 명심할지어다. 나 역시 배고프다고 아무거나 주워먹지 않을지어다. 나는 마음에 그 글귀를 아로새기며 오늘도 참는다. 씨발. 밤이 존나 길다.

"오늘 뭐해?" 이 질문을 가장 조심해라.
답을 던지는 순간, 미끼를 콱 물어버리는 것이다.

우리는 우리가 되기에는 너무 길거나 너무 짧았다. 사랑은 타이밍이 전부라고 누가 그랬는데, 타이밍이 오지게도 안 맞았던 모두. 처음부터 뭔가를 가지려고 접근한 사람은 없을 것이다. 누가 처음부터 사람의 마음과 몸을 착취하려고 덤벼들겠는가. 그냥 도망자들처럼 정신을 차리고 보니 '우리'는 '우리'가 될 수 없다고 판단했을 뿐이다. 다만 거기서 멈추지 않고 그들의 기분이 오락가락했다는 게 가장 큰 문제였지만, 그렇기에 인간인 것이다. 우리는 유혹에 쉽게 흔들린다. 그러니까 나도 전화를 끊어내지 못했다. 어쩌면 그 흔들리는 마음이 자랄 수도 있다고 생각했으니까 나는 거기에 전부를 걸었던 것이다. 그래서 최선을 다했다. 지금 도망자들에 대해 설명하면서도 몇몇을 떠올린다. 나는 그들을 원망한다고 말하면서도 마음속 깊이는 원망하지 않는다. 그것은 최선을 다했던 내 사랑의 나쁜 결말일 뿐이었다. 사람은 누구나 자기가 보고 싶은 대로 보고 느끼고 싶은 대로 느낀다. 그들은 여기서 도망자로 적혔으나, 다른 책에는 세상 다시 없을 아름다운 나의 이루지 못한 사랑으로 적혀 있다. 독자들도 나처럼 영원히 구분하지 못하리라. 그들이 과연 같은 사람인지. 그들이 좋은 사람인지 나쁜 사람인지 구분할 수 없으므로 나는 계속해서 잘못된 선택과 같은 실수를 반복했다.

아마도 너의 세계에서도 나는 영원히 다르게 적힐 것이다. 영원히 이루어지지 못할 것이다. 타이밍이 전부인 세계에서 우리의 시계는 이미 어긋났으므로.

도망가자

요란한 사랑을 끝낸 지 얼마 안 되었을 때다. 쌍방은 아니었고 일방이었다. 오랫동안 알고 지낸 그는 한두 살 어린 동네 동생이었다. 우리는 아주 절친했다. 성인이 되어 같이 서울로 왔으므로 10년이 넘는 서로의 과거를 알았다. 그애가 그동안 어떤 연애를 해왔는지, 앞으로는 어떤 연애를 하고 싶어하는지 봐왔다. 그래서 우리는 즐거웠다. 굉장히 친한 이성의 사람이었지만, 어떨 때는 친구로, 동성과도 같은 우정을 나누었다. 그러므로 인생의 굴욕감을 맛볼 때마다 그애에게 전화해 말을 쏟았다. 그애는 묵묵히 나의 두 귀가 되어주었다. 또한 그애는 나에게 또다른 스승이었다. 수많은 연애 지식과 그 지혜는 내가 따라갈 수 없었다.

당시 나는 독특한 남자친구와 사귀고 있었다. 그래서 남자친구의 비위를 맞추는 데 수많은 설명과 자문이 필요했다. 나는 시간이 날 때마다 그애를 붙잡고 내 남자친구에 대해서 섬세하게 물었다. 당시 나는 모두의 의견에 의하면 언어적인 데이트 폭력을 당하고 있었으므로 혹시 내가 잘못한 것은 없는지, 내가 그의 심기를 거스르는 일을 했는지 검열받고 있었다. 그리고 잘못했다고 빌며 모든 갈등 상황을 넘어가고 있었다. 그 말을, 그 동생에게만큼은 했다. 그 정도로 믿고 아꼈다. 수치를 다 까발릴 정도로. 그럼 가만히 듣던 그애는 이렇게 이야기했다.

"누나 도대체 잘못한 게 없는데, 왜 자꾸 잘못했다고 반성하는 거예요? 제발 정신 똑바로 차려요."

내가 정신을 똑바로 차리기도 전에 결국 나는 그와 헤어졌다. 그가 헤어지자고 했다. 헤어지던 장소도 똑똑히 기억한다. 공덕역이었고, 그는 다양한 계통의 예술가들과의 협업이 있다며, 회의를 하러 가야 한다며, 늦었다며, 말도 안 되는 이유로 이 말저 말을 나누다, 서로의 서운함이 폭발하여 헤어지게 되었다.

그리고 며칠이 지난 후 나는 헤어짐과는 별개로 혼자가 된 기분을 느꼈다. 그는 여러모로 인생의 선배였고, 내가 아는 세상은 온통 그의 세상이었다. 그러므로 따지고 보면 나는 세상과 헤어졌고, 심적으로 가난했다. 내가 가장 가깝다고 생각했던 친구도 사실 그의 친구였음이 분명했으므로, 진정으로 내 편은 하나도 없다고 생각했다. 그야말로 그와 그의 친구 말고는 내 곁에는 아무도 없었다. 내가 그사이 사귄 친구라고는 한두 명에 불과했다. 그러니까 한 줄로 단순하게 평가하자면 그때의 나는 사랑받지도 못했고, 친구도 없고, 시집은커녕 발표할 지면 하나 찾지 못한, 어떤 예술가의 전 여친이라는 꼬리표가 달린 불행한 여자였다. 한 계절에 7만 원. 그게 내가 시인으로 받을 수 있는 최대의 금액이던 시절이었다.

심각한 불면증을 앓았기에 꼬리에 꼬리를 무는 나쁜 생각을 할 시간도 너무나 많았다. 자존감도 바닥이었던 그 시절, 나는 한강의 찬바람을 얼굴로 받아치듯 맞으며 걸었다. 지하철로 2분이면 집에 갈 수 있었지만, 왠지 나는 내게 벌을 주고 싶었다. 이렇게 살지 않으려면 어떤 정신 수양을 거쳐야 하는지 도통 알 수가 없었다. 나는 퇴근길에 자이언티의 〈양화대교〉를 따라 부르며 걸었다. 노래에 바람이 뒤섞여 경험담인지 울음인지 알 수 없는 웅얼거림으로 나는 매번 다리를 건넜다.

그날도 영하 20도 퇴근길이 이어지던 어느 겨울날이었다. 롱패딩으로 중무장을 한 채 한강의 한가운데 있던 그때 그 동생이 갑자기 전화를 걸어왔다.

"누나 뭐해요?"

"뭘 하겠니. 퇴근을 하겠지."

"보통날에 회사 몇시에 끝나요?"

"글쎄. 정리하면 여섯시 반쯤 되지 않겠니?"

"뭐 필요한 거나 먹고 싶은 것 없어요? 내일 사 갈게요."

"야, 얼마 전에 헤어졌더니 뭐 먹고 싶은 것도 없고 너무 우울하다. 꽃이나 하나 사 와봐."

나는 농담으로 아무 말을 던졌다.

다음날 퇴근 시간이 되었다. 나는 아무도 없는 한가운데, 내 편이 나를 찾아온다는 것이, 한편으로는 굉장히 떨렸다. 누군가와 시간을 보내면 나쁜 생각을 할 틈을 갖지 않게 된다. 그를 생각하지 않게 된다. 그날의 싸움이 내 탓이어서 우리가 헤어진 거라고 생각하지 않아도 된다. 그런 생각을 하며 계단을 내려갔다. 멀리 준수가 보인다.

그애의 손에 꽃이 없었다. 아주 잠시 진심으로 다행이라고 생각했다. 꽃을 받으면 분위기가 이상해질 것 같기 때문이었다. 그러나 그는 급하게 주섬주섬 가방 안에서 꽃을 꺼냈다.

아주 작은 드라이플라워 한 다발이었고, 나는 너무나 큰 감동으로 정말 정말 고맙다고 말했다. 그렇게 나는 갑자기 사랑에 빠졌다. 지나가듯 하는 말 한마디만 기억해주면 나는 그 사람과 사랑할 수 있다.

기억력이 좋을수록 이소호를 만날 확률은 올라갑니다.

도전해보세요!

쓰고 보니 너무 쉽다.

너무 쉬워서, 나라도 나를 5분이면 꼬실 수 있을 것 같다.

이제부터는 모든 일들이 순식간에 일어나니, 혹여라도 눈을 떼지 말고 쭉 읽길 바란다. 모두가 알 만한 이야기다. 꽃을 주고 나서부터는 누구라도 겪어본, 그렇고 그런 이야기이다. 밥을 먹고, 2차로 술을 마시고, 3차로 마땅히 갈 곳이 없으니 우리집으로 갔고, 그애는 자연스럽게 내 침대에 누웠고, 나도 나란히 누웠다. 우리는 성인이었고, 외로웠다. 다만 누군가의 마음은 잤으므로 시작이었고, 누군가의 마음은 잤으므로 끝이었다.

예상했다시피 그 시작은 나고 끝은 상대방이었다.

그러나 눈뜨고 나니 내게 상처는 주고 싶지 않았는지, 홀딱 벗은 그가 한참 멍한 표정으로 천장을 바라보다 말했다.

"그럼 오늘부터 우리 사귀는 거다."

강을 20년은 너끈히 거슬러올라간 조악한 고백이었지만 클래식은 영원하기에 나는 받아들일 수밖에 없었다.

너는 나를 책임감으로, 나는 너를 밭을 가는 농부의 마음으로 사랑하기 시작했다. 지난 2년 나라 사랑, 동네 사랑, 내리사랑의 마음에 씨를 뿌리고 꼭꼭 물을 주고 그렇게 너를 키웠다. 그러나 그 사랑과 이 사랑은 결이 좀 달랐다.

손바닥도 마주쳐야 소리가 난다고, 비협조적이면 반대편 손바닥이 뺨따귀로 넘어가는 것은 순식간이었다. 그는 우리의 새로운 연애에 굉장히 비협조적이었다. 마음이 없으니, 행동이 따라주지 않는 것은 당연했다. 아는 누나와 잤다고 갑자기 애인이 되다니 얼마나 당황스러웠을까. 사실 당황스러운 것은 나도 마찬가지였다. 그가 전혀 남자로 보이지 않았다. 아무리 잠을 자도, 이성적으로 보이지도, 욕구를 충족할 수도 없었다. 시간이 아까울 뿐이었다. 그러다보니 우리는 친구 자취방에 놀러오듯, 집에서 놀기만을 원했다. 집에서 놀면 돈 쓸 일이 없다. 넷플릭스나 보면 되고, 또 내가 돈을 벌어오면 그는 카페로 간다. 글을 쓰고 등단을 꿈꾸며 산다. 마치 과거의 나를 보는 전 남친이 된 기분이 든다. 거울을 보는 기분에 사로잡히자 보다 못한 나는 하루 날을 잡았다. 마치 농사일이 싫은 소에게 코뚜레를 억지로 채우고, 밧줄로 질질 끌고 가듯 그를 데리고 가 고작 영화를 한 편 보았다. 그 빌어먹을 영화는 세상에 다시 없는 문제작 〈지금은 맞고 그때는 틀리다〉였다.

홍상수식으로 말해보고 싶다.
그것은 우리의 마지막 외출 여행이었으므로.

광화문 흑백영화를 보고 나온 소호와 준수.
나란히 그러나 약간 떨어져 걷는다.

준수씨. 나 좋아서 사귀는 거야? 아님 자서 사귀는 거야? 소호씨. 그게 뭐가 중요해? 나에게는 너무 중요해. 그래서 나는 오늘밤 그 이야기가 꼭 듣고 싶어. 물을 때 답했으면 좋겠어. 세상은 말로 하지 않으면 이해할 수 없는 것들뿐이야. 알잖아 준수씨도. 그러니까 준수씨가 말해봐. 소호씨 있잖아, 지금 이 질문은 다 똑같은 말이잖아. 뭐가 같아? 다 다르잖아? 좋아서 잤든 사귀다 잤든 똑같잖아. 아니지 준수씨, 달라. 준수씨는 벌써 눈빛이 후회하고 있어. 소호씨 웃기다. 소호씨가 그런 거 아냐? 소호씨 눈빛이 그래. 보고 싶은 대로 보니까 이렇게 우기는 거야. 왜 우긴다는 거야? 왜 억지라는 거야? 억지라는 이유를 대봐. (포즈) 봐봐 못 대겠지? 준수씨는 늘 이런 식이야. 논리적으로 나를 이해시키려 하지만 사실 들어보면 다 아무것도 아닌 말이라고. 아무리 그래도 눈빛을 읽고 판단할 수 있다는 소호씨 의견에 난 동의할 수 없어. 그날도 지금도 똑같아 내 감정은. 잠시만 준수씨. 이 대화는 정말 문학적인 것 같아. 메모 좀 할게. 누가 보면 너만 대단한 작가인 줄 알겠네. 원래 이렇게 추잡한 것에서 작품이 나오는 거야. 난 이게 불만이야. 글은 늘 너만 쓰지. 지금 이 상황에서도 글 쓰는 생각뿐이야? 솔직히 글 쓰는 거 없이 우리가 무슨 대화를 해? 사실 우리가 뭐 별다른 추억이 있는 것도 아니잖아. 시간은 만들어가는 거지. 채워가는 거고. 또, 또 거짓말뿐이네. 시간을 채워가고 만들어간다는 사람이 침대에 누워만 있어? 그냥 그때 하룻밤의 실수로 끝냈어야 했어. 그럼 덜 괴로웠을 거야 준수씨나 나나. 소호씨. 말 함부로 하지 마. 갑자기 찾아와서 소호씨 마음과 다른 대답을 했다고 해서 내 말이 전부 진심이 아닌 것은 아니지. 그리고 이렇게 힘들게 광화문까지 와서. 사랑과 잠자리 운운하는 게 더 추잡스럽고 품위가 떨어져 보여. 소호씨 글 많이 썼으면 좋겠다. 많이 써서 사랑받았으면 좋겠다. 왜 헤어졌는지 알겠네. 나는 말야, 이제 소호씨에게 더 할 이야기 없어. 남은 이야기는 삼키든가 알아서 뱉고 가. 중요한 이야기라고 했잖아. 준수씨한테는 이 말과 여기서 순간 터지는 감정선 그 무엇 하나도 중요하지 않나봐. 소호씨 지금 너무 감정적이야. 아마 내일 후회할 거야. 이만 집에 가는 게 좋겠어. 감정적인 게 뭐가 나빠? 함부로 말하지 말아. 준수씨가 뭘 알아. 나에 대해서. 나 옛날에 준수씨가 알던 그런 사람 아니야. 변했다고. 나를 아는 건, 나 자신뿐이야. 여자인 이소호는 준수씨도 모르잖아. 언제부터 날 봤다고 아는 척이야. 준수씨는 연애를 시작하고부터는 나를 동등하게 보며 기만하고 있어, 나를. 소호씨, 연인은 원래 동등한 거야. 그러니까 변하는 게 당연하고. 제발 이성적 판단이 들면 그때 다시 연락해. 그때는 우리 정말 잘 맞는 줄 알았는데, 지금은 아닌 것 같아. 후회해? 어디서부터 어디까지 후회해? 어디서부터 어디까지는 진심이었는데? 대답하고 싶지 않아 오늘은. 그러니까 조심히 들어가.

소호. 아무 택시에나 태워져 억지로 집에 보내진다.
뒤 차창으로 멀찍이 보이는 준수의 뒷모습.

손글씨로 쓰인 제목.
'도망가자'
잠시 풍경 위로 눈물과 노이즈.
페이드아웃.
감독 김준수
대본 이소호
출연 김준수, 이소호

다음날 그애에게 전화가 왔다. 나는 받지 않았다. 생각할 시간이 필요했다. 그날의 기분이 영 떨치지 않았다. 그래서 콜백하지 않았다. 그 역시 그사이에 내게 메시지를 보내거나 다시 전화하지 않았다. 마음이 정리된 나는 어른스러움을 과시하기 위해 먼저 전화번호를 눌렀다. 그리고 하기 힘든 말을 내가 했다. "헤어지자. 너나 나나 그냥 편하게 관두자, 전처럼, 잘 쉬자, 알겠지?" 그는 한결 편해진 목소리로 "알겠다"고 했다.

연애 이후에 하는 말들은 다 공허하다. 가장 공허한 말은 잘 지내자는 말보다 '전처럼'이라는 단어인 것 같다. 그보다 더 큰 거짓말은 없다. 전으로 돌아간다는 것은 애초에 불가능하다. 차라리 '잘 지내자'는 새로운 다짐이 훨씬 믿음직스럽다. 그러나 나는, 너는, 우리는 다 알면서도 '전처럼'이라는 단어를 사용했다. 우리는 그냥 누나 동생이던 시절, 과거의 연애들을 말하며 자신이 어느 정도 호구였는지 배틀을 한 적이 있다. 그때 '전처럼'이란 그 말이 얼마나 공허한 말인지 이야기를 나눈 적이 있다. 헤어진 연인 사이에 그런 게 어디 있냐고, 원수만 되지 않아도 다행이라고 우린 그렇게 말했었다. 그럼에도 우리는 꼭 그 단어를 골라 끝을 맺었다. 상대가 했던 말을 내가 해보니 알겠다. 헤어지는 사이에는 그 단어가 최선의 배려였다. 상대에게 나쁜 말을 하지 않으려면, 참으려면, 그 말이 가장 탈이 없다는 결론에 도달했기 때문이다. 우리는 확신하고 있었다. 우리는 영원히 전처럼 친구도 동생도 누나도 여자 남자도 될 수 없다는 이 모든 것을 알고 있었다. '전처럼'이 공허한 약속이라는 것을 알고 있었기 때문에, 우리는 알면서도 일부러 마지막 인사로 사용한 것이다.

공허하다.
너무나 뻔한 거짓말로 서로를 안심시킨다.

나는 오늘 몇 명에게 그 말을 해봤는지 세어보았다.

잠들 수 없을 것 같다.

나는 감히 상상해본다.
나의 틈을 채우다, 자신의 틈은 돌보지 못했던
당신의 지난밤들을.

하루가 길어진다.
우리는 점점 길어진다.
내가 알지 못하는 세계는 점점 길어지고 깊어진다.

미처 시작하지 못한
이야기

우리는 뉴욕으로 왔다. 시작은 그것으로 충분했다. 그를 처음 보던 날은 눈이 아주 많이 왔다. 늘 눈이나 비를 몰고 다니는 것 같던 너는, 뉴욕의 지하철이 또 말썽이라며 택시를 타고 내 친구의 집으로 왔다. 새해를 같이 맞이할 사람이 없던 우리는 넷이 모여 잔을 부딪쳤다. 그는 내 이름을 물었고 나도 그의 이름을 물었다. 우리는 뉴욕에서 가장 이상한 이름을 가진 한국인일 거라고 말했다. 소호에 사는 소호와, 뉴욕에 사는 한. 언제나 이 이름이 진짜냐고 묻는 세계는 여기밖에 없을 거라고 그랬다. 그렇게 알게 된 그와 나는 마땅히 할일이 없었기에 함께 미술관에 다니게 되었다. 같이 모마 근처에서 파이브가이즈 버거를 먹었다. 모마 근처에는 왜 맛집이 없는지, 몇 년 전에도 이랬다고, 짜증난다고, 이 나라는 발전이 있으면서 발전이 없다고 그런 이야기를 했다. 처음 먹어보는 파이브가이즈 버거는 너무 맛이 없었다. "오바마는 이걸 왜 좋아할까요?" 내가 묻자 "미국 맛이라서요." 그가 그렇게 대답했다. 나는 버거를 다 남겼고 그는 그나마 버거는 겨우 다 먹었다. 그는 미국에 조금 적응한 것 같았다. 우리는 손에 묻은 찝찝한 기름을 다 닦아내고 모마로 들어갔다.

모마에서는 로버트 고버의 작품을 전시하고 있었다. 로버트 고버는 동성애자다. 동성애자라고 밝히는 이유는 단순하다. 그게 그의 작품 전체를 통괄하는 메시지였기 때문이다. 커밍아웃하는 그 시간이 얼마나 고통스러웠는지, 이해받지 못하는 세상에서 자신이 얼마나 괴로웠는지 작품으로 적나라하게 드러냈다. 대부분 벽에 다리 하나만 덜렁 붙어 있는 작품이었는데, 흉한 털이 듬성듬성 난 다리는 흘러내린 양초 밀랍에 범벅이 되어 있었다. 발이 아니라면 그는 세면대를 있는 그대로 전시해 두었다. 세면대라는 이유만으로 뒤샹과 비교되기도 한다고 그가 설명했다. "미국도 이렇게 힘든가요?" "뭐가요?" "자신의 정체성을 드러내는 일이요." "힘들죠. 여기도 사람 사는 곳이잖아요." "바보같이 나는 미국은 조금 다를 줄 알았어요. 세상을 바꾼 성 소수자가 많으니까." 그 말을 끝내자 그가 웃었다. "제가 여기서 얼마나 많이 인종차별을 겪는지 알면 그런 말 못할 거예요." 나는 뉴욕에서 수없이 겪었던 캣콜링을 떠올렸다. 그래. 이 나라는 여전히 다를 게 없을 것 같았다. 우리는 씁쓸하게 전시를 더 둘러보았다.

내가 몇 년 동안 보고 또 본, 모마의 오래된 소장품들은 그날도 그곳에 있었다. 세잔의 그림에 관심을 두지 않고 휙 지나가려 하자 그가 나를 붙잡고 그 그림이 얼마나 위대한지 말해주었다. "이 그림은 처음으로, 다시점을 그린 그림이에요. 뭐든 처음이 제일 멋있는 거예요." "세잔 그림은 그래도 아름답다는 생각이 안 들어요." "상관없어요. 처음이잖아요." 나는 반짝이던 당신의 눈을 보았다. 당신은 그림을 볼 때 빛이 났다. 그림을 설명하며 점점 고조되는 감정을 볼 수 있었다. 우리는 빠르게 마지막 층에 도달했다. 앙리 마티스의 말기 작품 전시가 한창이었다. 나는 마티스의 이상한 그림을 보고 그냥 지나칠 뻔했다. 영어 까막눈에, 미술사 지식이 없는 내게는 그의 설명 없이는 한낱 특이하고 싶어 발버둥친 작품에 불과했다. "그가 너무 늙어

섬세한 붓 터치를 못하게 되자, 가위로 그린 그림이에요. 이건 다 종이예요. 그는 어떻게든 죽을 때까지, 손이 움직이지 못하게 될 때까지는 그림을 그려낸 거예요. 덕분에 이렇게 좋은 작품이 여기 전시되었어요. 가위로 그린 그림으로 처음을 해냈어요. 멋지죠?" 나는 잠시 고민해보았다. 손이 움직이지 않게 되거나, 눈이 멀게 되면 나는 시를 쓸 수 있을까. 꺼져가는 신경세포를 탓하며 나의 노화를 최고의 불행으로 알며 그렇게 살기만 했을 것이다. 아니다. 어쩌면 나는 포기하는 것을 너무 좋아하기 때문에, 포기했을 것이다. 이 정도만 되어도 나는 성공했어, 나름 만족하며 살았을 것이다.

나는 모마에서 세 가지를 배웠다. 무조건 처음이 될 것. 일찍 죽을 것, 하지만 어쩌다 오래 살게 되었으면 무언가 고난과 시련을 이겨낸 스토리를 가질 것. 우습지만 나는 그날 모마에서 작가의 마음가짐을 얻었다.

그림은 그 자리에 그대로 있다. 내가 세번째 뉴욕에 들르는 동안에도 그대로 거기서 나를 지켜보고 있다. 나는 그림도, 그림을 보는 사람들의 눈도 좋아한다. 그래서 가장 좋아하는 그림은 상대의 눈동자에 비친 그림이다.

전시 말미에 나는 가장 중요하고도 궁금한 것을 물었다.

"한씨는 왜 이렇게 항상 우울해 보이죠?"

"뉴욕에 살면 다 이렇게 돼요."

"아…… 너무 잘 알죠."

나 수백 점의 미술 작품 속에서 그가 오래 머물렀던 작품들을 떠올렸다. 하나같이 고통으로 점철된 것이었다. 물론 모든 작품은 고통에서 나온다. 그것이 싫어 나는 도망치던 시절도 있었다. 파토스의 세계는 그래서 요절하거나 죽지 못해 사는 사람들뿐이라고 그랬던 선배들의 말을 떠올렸다. 그러나 한은, 예술을 꿈꾸는 경영학도 한은 뉴욕에서 예술경영을 전공하면서 내가 도망치고 싶어하던 작품들을 동경하며 고통을 최고의 작품이라고 소개했다. 그는 그것을 '슬픔의 가치'라고 설명했다. 우리는 자리를 옮겼다. 와인을 마시며 뉴욕이 얼마나 '아직도' 거지같은지에 대해서 이야기했다.

"언제가 제일 싫어요? 저는 내 이름이 진짜 네 이름이냐고 물어볼 때 싫어요. 교수들이 메일로 자주 물어봐요." "나는 스타벅스에서 물어보던데. 소호에 살아서 소호 스타벅스에 가면, 내가 영어를 못해서 주소를 말한 줄 알아요. 바보들. 알아들었다면서 은근히 면박을 줄 때가 제일 재수없죠." "동양인은 언제나 당해요." "우리 둘은 절대로 스타벅스에 같이 가면 안 되겠네요." 한참 침묵이 흘렀다. 그가 물었다. "우리 다음엔 언제 만나죠?" "다른 그림을 볼 때겠죠." "그럼 다음에는 뉴 뮤지엄에 가요 우리."

집에 돌아왔는데도 나는 그가 자꾸 생각났다. 위로해주고 싶었던 마음이 컸던 것 같다. 그는 너무 슬픈 눈을 가졌다. 집도 부자고, 세계에서 제일 좋은 대학을 다니는 그가 왜 우울한지 나는 도통 이해되지 않았지만, 그에겐 결핍이 있어 보였다. 사랑받고, 받지 못하고의 문제도 아닌 것 같았다. 허무해 보였다. 그는 곧 죽을 것 같았다. 그림을 보면서 더 확실해졌다. 그래서 나는 내가 할 수 있는 가장 최고의 위로를 해주고 싶었다. 보답할 겸, 시를 한 편 보내주었다. 당연히 내 시는 아니었다. 내 시는 위로에는 최악이니까. 박지혜 시인의 첫 시집 『햇빛』에 있는 「이랑의 알래스카」를 보냈다. 그는 오래오래 두고 읽겠다고 답을 했다.

한에 대해서 다시 이야기해보고 싶다. 이제 그와 나 사이에 그림은 핑계에 불과해졌을 때부터 일어난 일들이다.

우리는 급속도로 가까워졌다. 그는 나의 창작 생활을 신기해했다. 나는 그가 속한 세계를 신기해했다. 그는 부자였다. 보통 부자가 아니었다. 대단히 부자였다. 외고를 나왔고, 대학 이후에도 공부도 곧잘 했다. 그냥 다 가진 그는 예술을 동경했는데 동생은 예술을 하고 자신은 예술을 하지 못함을 늘 속상해했다. 그러더니 결국 예술 쪽 석박사를 하겠다며 뉴욕에 왔다. 그는 나와 대화가 통하지 않는 지점도 많았다. '잡플래닛' '잡코리아'라는 구직 사이트조차 몰랐다. 그는 그걸 알 필요가 없는 세계에서 왔다. 정말로 이상한 플래닛에서 온 것 같은 그가 입을 뗄 때마다 나는 빈부격차를 느꼈다. 물론 그는 그걸 티 낸 적은 없다. 그는 나에게 무한한 호감이 있었으므로 내가 눈길만 줘도 그 모든 걸 다 사주고 싶어했다. 돈이란 건 어떤 가치일까 생각해보았다. 집에 돌아오면 엄청난 현실 자각의 시간을 보내야 했다. 한번은 그가 밥을 너무 많이 사준 것 같아서 고마워서 웨이터를 시켜 몰래 결재했는데, 밥값이 무려 200달러여서 나는 경악을 금치 못했다. 한끼에 200달러라니. 그것도 팁 불포함. 나는 커다란 충격을 받았다. 그가 늘 그렇게 비싸고 맛있는 것을 사줬다고 생각하니, 또 그것이 아무것도 바라지 않는 호의라는 것에 더 큰 충격을 받았다. 우리가 조금 더 친해졌을 때 그의 집에 초대받았다. 나는 그가 사는 집으로 놀러 갔다.

그의 집은 루즈벨트 아일랜드에 있었다.

맨해튼과 퀸즈 사이의 아주 작은 섬.

뉴욕에 그렇게 오래 머물렀지만, 난생처음 가본 곳이었다.

그 섬은 아주 길고 너비가 좁다. 나는 걸어서 그의 집으로 향했다. 여러 사람들이 사는 그의 집은 뉴욕의 모든 집처럼 셰어하우스였고, 그가 가장 비싼 돈을 내고 있음으로 가장 좋은 방을 차지하고 있었다. 그의 방에는 커다란 창문이 있다. 맨해튼이 닿을 듯한 풍경 앞에서 나는 한참 넋을 잃었다. 이 사람은 뉴욕의 좋은 뷰를 보러 돈을 내고 어딘가에 갈 필요가 없는 사람이라는 것을 깨달았다. 그냥 눈을 뜨는 순간부터 뉴욕에서 가장 아름다운 스카이라인을 볼 수 있다. 우리는 맨해튼의 동쪽을 바라보며 맥주를 한 캔 땄다. 맥주를 마시며 들을 곡을 고르던 그가 내게 물었다.

"이랑이라는 아티스트 알죠?"

"이랑이 실존 인물이었어요?"

"몰랐어요? 그런데 어떻게 알고 「이랑의 알래스카」를 내게 보내준 거예요?"

"그냥 그 시가 너무 좋아서요. 노래를 부르는 사람이었군요."

"노래도 부르고, 글도 쓰고, 영화도 찍어요."

"멋진 사람이네요. 나는 박지혜 시에서도 보고 김승일 시에도 「나의 자랑 이랑」이 있길래 이랑이란 이름이 작가들 사이에서 쓰이는 어떤 '문학적인 가상의 인물'인 줄 알았어요."

그는 내 이야기를 듣고 피식 웃더니 이어 말했다.

"그럼 내가 제일 좋아하는 이랑 노래 들어볼래요?"

이랑 1집의 〈욘욘슨〉이 들리고 있었다. 맨해튼의 옆면을 보면서 나는 맥주를 마셨고, 가사는 같은 말을 반복하고 있다. 나의 이름은 욘욘슨이다. 위스콘신 제재소에서 일하고 있단다. 이름에 대해서 생각해보게 된다. 내 이름은 이소호. 서울에서 글을 쓰죠. 그러나 이 말은 뉴욕에서 어쩐지 공허하게 들린다. 관광비자로 와서, 뉴욕의 이곳저곳을 떠도는 나는 불안정하다. 내가 엉덩이를 붙이고 앉는 그 순간은 모두 일하는 시간들이다. 일을 하는 나는 불법 체류자가 되는 경험을 한다. 나는 뉴욕에서 일을 하면 안 되는 관광비자로 이곳에 왔다. 나는 깨달았다. 위스콘신의 욘욘슨씨와 나의 이야기가 다를 게 뭘까. 한은 웃었다. 그리고 그 말을 한번 더 강조했다. "서울 사는 이소호는 관광객이 직업인 거예요. 일하면 절대로 안 돼요. 뉴욕에서는." 나도 되받아쳤다. "한씨도 마찬가지예요. 뉴욕에 사는 한씨는 학생비자이기 때문에 놀거나 일하면 절대로 안 돼요. 공부만 해야 해요. 당신은 책상에 앉는 게 허락되고, 관광, 지금 나랑 이렇게 노는 게 불법이에요. 알죠? 우리는 반대예요. 우리의 기점은 국경이 아니에요. 책상에 앉는 게 누군가에게는 허락되고 누군가에게는 허락되지 않는다는 거죠."

책상에는 책 대신 맥주가 놓여 있다.

중립이다.

우리는 공부도 하지 않고 글도 쓰지 않은, 가장 위험한 책상에 앉아 있다.

"그런데 이 말이 이랑의 노래와 무슨 상관이죠?"

"슬프니까요. 내가 누구인지, 내가 지금 무슨 일을 하고 있다는 말을 반복하는 것은 슬프니까요. 어쩐지 외롭잖아요. 이래서 시인들이 '이랑'이란 단어를 시에 많이 쓰나봐요. 나는 이 노래에서 외로움을 느껴요. 책상 앞에 앉은 우리처럼. 금지된 무엇을 하는 기분이 들어요."

"우리는 아직 금지된 그 무엇도 하지 않았어요."

"그렇죠. 아직은. 하지만 한씨는 지금부터 나랑 놀 거고, 나는 이 일을 시로 쓸 거예요. 지금 이 책상에서 잊지 않기 위해 메모라도 하겠죠. 오늘의 일은 꼭 시가 될 거예요. 우리는 모든 다짐을 다 어기게 될 거예요. 이 노래를 듣는 순간 나는 알게 되었어요."

그렇게 내 시 「루즈벨트 아일랜드」에는 세잔과 맥주와 이랑이 나란히 나온다.

그 시의 첫 줄은 금지된 책상에서 적혔다.

그가 바라고 바라던 예보처럼 눈이 아주 많이 왔고,

하는 수 없이 그의 방에 꼼짝없이 갇혀서 질리도록 맨해튼을 보았다.

그날 나는 너와 미국의 법을 어겼다.

미처 마치지 못한
이야기

사랑해요 소호씨.

그러니까 가지 마요.

그러나 나는 한국으로 돌아왔다. 여기서부터 내 인생은 바다가 된다. 바다에 두 발만 겨우 얹을 수 있는 돌섬이 된다. 쉬어 가려는 사람도 없고 풀도 무엇도 자라지 않는다. 울퉁불퉁하여 오래 서 있을 수도 없는 섬이 되어 나는 자꾸자꾸 깎인다. 깎이나, 아무도 내가 깎이고 있다는 것을 알 수 없다. 파도는 거칠지만 언제나 천천히 부딪치므로. 나는 아프다. 점점 젖는다. 젖음으로 축축, 나의 울음은 오늘도 푹푹 잠긴다.

나를 섬이라고 부를 것인가.

아니면 저 빛나는 수평선을 해치는 모난 돌덩이라고 생각할 것인가.

나는 이 일을 계기로 너에게 도착하지 못한다. 단 한 번 엇나갔을 뿐인데, 타이밍의 세계에 표류된 나는, 다 찢어진 초침을 붙잡고 몇 번 너에게 매달렸다. 한번 어긋난 시계처럼 우리는 만날 수 없었다. 1초의 작은 차이가 거대한 너비를 만들었다. 아무리 뒤돌아 달려도 우리는 돌아갈 수 없었다. 그걸 아는 너는 단호했다. 제시간을 묵묵히 걸어가던 너에게, 나는 영원히 제시간에 도착하지 못하는 사람이 되고 만다.

너와 나는 우리는 되다 말아버린다.

이것은 너와 내가 우리가 되다가, 우리가 너와 내가 되어버린 이야기다.

나는 그를 정말 사랑했다. 아주 짧은 시간이었지만 그도 나를 사랑했다. 연애를 할 겨를도 없이 나는 그의 모든 서포트를 만류하고 한국으로 돌아왔다. “부모님 때문에 한국으로 돌아가야 해요. 저는 한씨의 돈을 쓸 수 없어요. 염치가 없어요.” 한은 내게 가지 말라고, 옆에만 있어달라고 했다. 어디 가지 말고, 한국으로 돌아간 척하고, 자신의 집에 머물러달라고 그랬다. “그냥 내 방에서 아무것도 하지 말고 나 학교 가면 글 써요. 여기가 비좁으면 우리 더 좋은 방으로 이사 가요.” 지금 생각해보면 그는 약간 내게 미쳐 있었던 것 같다. 뭐에 미쳤었던 걸까. 그는 내 앞에 서면 어쩔 줄 몰라 했다. 그러나 나는 경험했다. 눈에서 멀어지면 마음에서 멀어진다. 그것은 천년의 사랑도 순식간에 식게 하는 만국의 공통 룰이다.

내가 한국에 왔을 때 한참 동안은 우리는 전화통을 붙잡고 살았다. 나는 한국에서 뉴욕의 시간대로 살았다. 그와 통화를 하려면 어쩔 수 없는 선택이었다. 열두 시간의 격차를 맞추려면 한 사람이 희생해야 했다. 당시 희생할 사람은 나였다. 나는 아무런 일이 없었으므로, 프리랜서이므로 뭐든 맞출 수 있었다. 그래서 눈을 뜨고 눈을 감는 순간까지 우리는 함께였다. 나는 내가 한국에 있는 것인지 뉴욕에 있는 것인지 헷갈렸다. 뉴욕엔 자꾸 눈이 온다고 했다. 발이 빠지고 아무도 못 나가고 있다고, 소호씨도 밖에 안 나갔으면 그날 비행기가 안 떴으면 오래 오래 여기 함께였을 거라고 거듭 말했다. 거기서부터 문제였다. 그는 나이에 비해 생각이 어렸다. 자기 손으로 돈 한푼 벌어본 적 없는 그가 너무 답답했다.

일단 그는 내가 거절할 수밖에 없는 제안을 늘어놓았다. 평범한 소시민인 내가 감당할 수 없는 제안들이었다. 그는 내게 뉴욕의 어느 동네가 좋냐며, 만약 온다면 내가 좋아하는 첼시나, 이스트 빌리지로 이사를 가거나 루즈벨트 아일랜드에 계속 있어도 좋다고 했다. 크기는 어느 정도가 좋은지, 방은 몇 개가 좋은지 그런 이야기들을 했다. 내가 그다지 동조하지 않자, 방학 때 같이 칸쿤이나 쿠바로 떠나자고 제안했다. 결혼을 하면 본인은 교수를 할 거니까 사십대가 훌쩍 넘을 때까지 한국에 들어가지 말자고, 그럼 신혼처럼 오래오래 둘만 재미있게 살 수 있을 거라고, 그렇게 말했다. 그의 말은 상상으로는 꽤 좋았다. 글만 쓸 수 있는 삶. 같이 그림을 보러 다니면서, 그의 미래에 내 삶을 살짝 얹혀서 사는 것도 나쁘지 않겠다고 생각했다. 그러나 그는 지금 내게 미쳐 있다. 나를 너무 좋아한 나머지 돌아버린 것이다. 마음은 언제든지 변할 수 있다. 과거에도 여자친구가 그에게 결혼을 제안하자 헤어졌다고 분명 그렇게 들었는데, 내게는 자꾸 미래를 꿈꾸는 말들을 남발했다. 그 미래는 너무 아름다워서 고통스러웠다. 너무 아름다웠기에 지나치기 어려웠다. 하지만 정신을 잡아야 하는 것은 나뿐이었다. 그가 그렇게 지나친 꿈을 꾸게 할 때마다 나는 참지 않고 말했다.

"꿈꾸게 하지 마세요. 전 정말 지금 힘들고요. 괴로워요. 좋아해서 그 마음으로만 하는 허튼 말이라면 더더욱 하지 마세요."

"소호씨, 정말 진심이에요. 우리 곧 그렇게 살아요."

몇 번의 거절에도 그는 그렇게 대답했다. 그래서 나는 정말로 그의 말이 진심인 줄 알았다. 그뿐이 나를 가혹한 우리집에서 탈출시켜줄 마지막 티켓이라고 생각했다. 그래서 나는 그다음부터 진심으로 그의 말을 믿었다. 진짜로 뉴욕 집을 알아보고 비자를 알아봤다. 비자를 알아봐야 내가 살아갈 수 있으니까, 뉴욕에서 살게 되면 한국의 책을 어떻게 받아야 하는지, 원고 청탁은 어떻게 받아야 하는지 알아보기 시작했다. 나는 정말로 그와 함께 살 계획을 꼼꼼하게 세웠다. 그리고 그에게 전화가 왔을 때 말해주었다.

"한씨 있잖아요, 첼시에 이번에 들어서는 맨션은 투 베드인데 프로모션으로 1년치 월세를 다 내면 한 달 월세를 깎아준대요. 그리고 f-1비자의 배우자 비자인 f-2비자가 있으면 편하게 머물

수 있을 것 같아요. 그리고 책은 온라인 서점이나 전자책으로 언제든 볼 수 있을 것 같아요. 참 잘됐죠?"

"아…… 벌써 알아본 거예요? 아직 이르지 않아요?"

"당장 왔으면 좋겠다고 한 건 한씨잖아요."

"전 아직 학교에 적응도 못했고, 상황이……."

"됐어요. 제가 이럴 줄 알았어요. 그러니까 내가 뜬구름 잡는 이야기하지 말랬죠? 기분 나쁘네요. 다음부터 저한테 연락하지 마세요."

그 전화를 끝으로 나는 그의 번호를 지웠다.

남자 새끼들 다 똑같다.

그런데도 나는 매번 속는다.

진심이라더니, 청혼 아닌 청혼을 해놓고 현실로 닥치자 도망가는 꼴이, 책임지기 싫어하는 꼴이 우습다.

며칠이 지나 한에게 페이스타임으로 연락이 왔다. 고민을 하다가 받았다. 한은 굉장히 수척해져 있었다. 보통 수척한 게 아니었다. 먹은 게 하나도 없어 보였다. 나는 그가 마음고생을 오지게 했다는 것을 알 수 있었다. 볼품없던 얼굴이 더 볼품이 없었다. 퉁명한 목소리로 물었다.

"무슨 일이에요?"

"나 부모님께 이야기했어요. 좋아하는 사람이 생겼다고."

"근데요? 아무 의미 없잖아요."

"내 진심 알아줬으면 해서요. 저 정말 진심으로 많이 좋아해요. 그래서 부모님께 말한 거고요. 그때 내가 그렇게 말한 건 다 잘못했어요. 갑자기 소호씨가 다 알아봤다니까 겁났어요."

"왜 겁이 나요? 말도 안 되는 말은 한씨가 했잖아요."

"맞아요. 제가 겁이 많아서 그래요. 조금 친천히 가요. 부탁할게요 이렇게."

나는 잠시 고민했다. 그는 여전히 좋은 티켓이었다. 내 인생을 탈출할. 그러니까 내 인생의 이 지긋지긋한 집안과 인연을 끊게 해줄 적절한 사람이었다. 한은 그 모든 것을 해줄 수 있다. 그래서 나는 다시 대답했다.

"알겠어요. 대신 앞으로는 지킬 수 있는 말만 했으면 해요. 괜한 기대는 싫어요. 끔찍해요."

"그 약속 꼭 지킬게요. 그런데 소호씨, 하와이 가봤어요?"

"아니요? 왜요?"

"이번 데이트는 하와이에서 할래요? 내가 다 준비할게요. 몸만 와요."

그의 제안은 언제나 달콤하고 꿈같다. 평생 노력해도 내가 가질 수 없는 것들이다. 그는 나를 들었다가 낭떠러지로 떨어뜨린다. 언제나 그랬다. 나는 이번에는 속지 않겠다고 다짐한다. 그래서 말했다.

"미안하지만 하와이는 안 갈래요. 원하지 않아요. 돈 한푼 없이 나 하와이 못 가요."

"내가 다 줄게요."

"아니요. 내 마음이 편하지 않아요."

"알겠어요. 내가 한국에 가죠 뭐."

"나를 길게 봐봤자 일주일인데 한국에 온다고요?"

"네. 보고 싶어서요. 부모님께도 말없이 다녀올 거예요. 소호씨만 보고 올 거예요."

내 인생에 이런 사람이 있을까? 나는 평생 이런 사랑을 받아본 적이 없다. 이것은 온전한 사랑이다. 나만 보고, 나만 생각하는 사람이 지구 반대편에서 온전히 나만을 위한 시간을 보내고 있다. 내가 매번 사기꾼이라도 좋고, 대놓고 끼 부리는 새끼도 다 좋다고 했던 게 생각이 난다. 그러니까 말이라도 말뿐이라도 나만 본다고, 나만 사랑한다고 말하는 사람이 나는 너무나도 절실히 필요했다. 그래서 그가 내 곁에 온 게 너무 기특해서 '앞으로 착하게 살게요 하나님' 그렇게 기도도 했던 기억이 난다. 정말 나한테 누가 이렇게 돌아 있다는 게 진심으로 좋았다. 제정신을 차리기 전에 완전히 붙잡아둘 생각도 했었다. 나의 매력은 무엇이었을까 진지하게 고민했다. 다 가진 그가 사랑한 나는 너무 어리둥절했다. 모든 게.

그러나 이번에도 또 이렇게 영원한 사랑을 말해놓고 그가 도망가지 않을까 한편으로는 걱정이 되었다. 그리고 그는 도망을 잘 간다. 전적이 있다. 옛 여자친구부터 지금의 니까지. 한두 번이 아니다.

한국에 오겠다고 티켓을 알아보던 그때쯤이었던 것 같다. 일단 나와 그는 아무 사이도 아니었다. 우리는 사귀지 않았다. 친구도 아니었다. 공식적으로 그는 나를 좋아하는 사람이고, 나는 나를 좋아하는 그를 간보고 있었다.

그것은 명백한 사실이었다.

그러나 간을 보는 사람치고 그는 내 삶의 너무 많은 부분을 차지하게 되었다. 나는 매일 그의 말들에 흔들렸다. 그는 여전히 헛된 기대와 망상을 품게 하는 나의 살아 숨쉬는 구체적 꿈이었다. 돈을 많이 벌면 우리집에 그림을 사서 걸자, 영어 못해도 괜찮아, 내가 다 읽어줄게, 보고 싶은 게 있으면 언제든지 말해, 나는 너의 눈이야, 손이야, 그는 그렇게 말했다. 둘이 손을 잡고 여행을 다니자, 둘 다 가만히 누워 있는 걸 좋아하니까 주말에는 아무것도 하지 말자, 우리가 뉴욕의 여기저기를 휩쓸고 다녔던 것처럼 취향을 나누자, 취향이 같은 사람을 만난다는 게 얼마나 힘든지 알지?

나는 그의 말을 듣고 있으면 시를 쓰는 것보다 그와 대화를 하는 게 훨씬 내 미래에 도움이 된다고 생각이 들 정도가 되었다. 시를 10년 넘게 썼는데 다 버리고 그와 살고 싶었다. 인생에서 최초로 시를 배제한 순간이었다. 시 없이, 문학 없이 불행의 아이콘이 아니라 행복을 꿈꿀 수 있었다. 진정으로 아름다운 삶을 살 수 있다면 그를 잡는 것밖에 없다고 생각했다. 하지만 그에게는 티 내지 않았다. 그는 도망의 귀재이다. 언제나 도망갈 준비를 하고 있는.

그는 결국 오지 않았다. 한국도 하와이도 오지 않았다. 내가 너무 화가 나서 그의 번호를 다시 지웠고, 그는 며칠 후에 다시 잘못했다고 빌었다. 나는 너를 믿을 수 없다고 말했다. 두번째 도망친 너를 어떻게 믿고 내가 사랑하겠냐고 말했다. 그러나 나중에 마음이 많이 누그러진 다음에 내가 뉴욕에 지금 가겠다고 하자 그는 거절했다. "우리는 여기까지인가봐요. 아직도 좋긴 너무 좋아요. 근데 지금 헤어지지 않으면 계속 흔들릴 거 같아요." 그의 마지막 말이다.

아프다.

꿈을 꾸다가 추락한다는 것은.

그때 내가 귀국하지 않았다면 우리는 어떻게 되었을까.

나는 시를 버렸을까.

너를 버렸을까.

아니면 너에게 버려지고, 시에게도 버려졌을까.

우리의 감정이 모두 퇴색되었을 무렵이었던 것 같다. 그 일로부터 아주 오랜 시간이 지났을 때, 나는 예술의 전당에서 진행되었던 마크 로스코 단독 전시를 보러 갔다.

너는 뉴욕 모마에서 마크 로스코 그림 앞에 가장 오래 서 있었다. 나는 옆에 바짝 붙어 물었다. "얼마나 좋아해요?" 대답 대신 그가 휴대폰 배경을 보여주었던 기억이 난다. 그 그림은 〈no.10〉이었다. "색으로 압도하는 것에 압도되었어요. 언어로 따지면 침묵이죠. 침묵이 가끔 그 어떤 말보다 섬세하다는 것을 나는 그림으로 느껴요."

그때부터였던 것 같다. 내가 마크 로스코를 가장 좋아하는 작가 중 하나로 손꼽게 된 건. 그는 나의 모든 취향에 지대한 영향을 끼쳤다. 보는 법, 듣는 법, 생각하는 법. 그리고 느끼는 법. 나는 한국에서는 앞으로, 어쩌면 영원히 만나지 못할 마크 로스코의 그림들 앞에서 아무 말도 하지 않았다. 그가 감상하던 방식으로 침묵으로 그림의 앞자리를 지켰다.

어쩐지 그가 떠오른다. 우울하게 뉴욕의 삶을 견디며 살아가던 그를 떠올린다. 마크 로스코의 그림 중 가장 색이 밝은 그림들을 보여주며 "가장 행복했을 때 이 색을 쓰지 않았을까요?" 라고 말했던 것을 생각한다. 그는 나와 걸으며 자주 말했다. "소호씨가 왔을 때의 뉴욕이 가장 좋았어요. 나는 원래 뉴욕을 싫어했거든요." 단색으로 뉴욕의 지하철을 그린 마크 로스코의 그림 앞에서는 또다른 그의 말을 떠올렸다. 단색에서 노랗고 아름다운 색으로 넘어가기까지 어떤 일들이 있었을까.

그에게 나는, 단색에서 높은 채도의 색으로 가는 하나의 티켓이 아니었을까. 그를 미치게 한 무엇은 바로 그것이 아니었을까.

나는 스케치에서, 화려한 색감에서, 블랙에서, 레드를 보고 밖으로 나오며 그도 어쩌면 방학을 맞아 귀국해, 이 전시를 다녀가지는 않았을까 잠시 생각했다.

그림 앞에서 결코 돌이킬 수 없는 우리의 시차를 생각했다.
하나의 그림 앞을 지나쳤을 우리 둘은
결코 아름답지 않지만
아름답지 않기에 내게 글로 함께 쓰고, 쓰이고 있다.

최초의 편지는 언제나 서툴지만, 위대하다.
이 글은 서툰 진심이다.

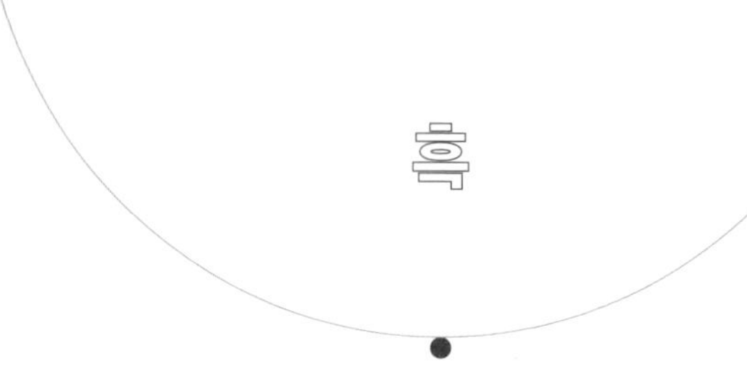

흑

"소호야 여기 좀 봐."

너는 카메라를 들었다. 나는 웃는다. 아주 음울하게.

이제 당신의 프레임 안에 들어가는 일은 어쩐지 지지부진하다. 당신은 여러 차례 카메라를 들고 나를 물건처럼 담았다. 나는 포즈를 취할 때마다 내 몸이 내 것이 아닌 것 같다고 생각했다. 숨을 참거나 다이어트를 해야 했고, 그가 원하는 구도에 맞춰 기이하게 망가지는 것도 싫었다. 우리를 모두 아는 지인에게 나의 반라 사진을 보여주는 것도, 그의 단체 작업실에 나의 망가

짐이 전시당하는 것도 싫었다. 그러나 나는 참았다. 그는 잘 풀리지 않았을 뿐, 재능 있는 사진작가였으므로 나는 매 순간 아름다운 피사체로서 최선을 다했다. 그의 요구에 맞춰 옷을 홀딱 벗고 고개를 계속해서 치켜든다던가 샤워기로 온몸에 물을 적신 채 앙상한 가슴과 뼈를 드러내는 일을 이어갔다. 물론 처음부터 싫었던 것은 아니다. 그리고 내가 한창 그에게 빠졌을 때는 그가 요구한 몸짓은 어쩐지 은유적인 한 장면이라고 생각했다. 지금 생각해보면 그것이 예술적이라고 생각하지 않으면 안 되었던 것 같다. 그때의 우리는 예술가라는 자의식 말고는 아무것도 가진 게 없는, 무명의 예술가였기 때문이다. 그 자의식은 우리를 절박하게 만들었다.

그는 오늘도 사진을 찍는다.

배운 적도 없이 오로지 감각으로만 사진을 찍는다.

나는 그의 감각에 맞춰 배운 적도 없이 몸을 움직인다.

우리가 잠자리를 가지고 난 뒤의 일이다.

그는 "어때? 재미있지?" 물었다.

나는 "그러게, 재미있네" 답했다.

솔직히 이야기하자면 나는 그와의 잠자리에 조금도 만족을 느끼지 못했다.

사랑했기 때문에, 정말로 온 마음을 다해 사랑했기 때문에 나는 그를 버리지 못했다. 그는 무조건 나와 시간을 넉넉히 가지고, 같은 취미를 가지려고 애를 썼으며, 섬세하게 내 주변을 잘 살폈으나, 나는 그의 잠자리 고작 그것 하나 때문에 점점 따분해졌다. 사람들은 잠자리가 연애에 큰 파이를 차지하지 않는다고 생각할 수 있다. 하지만 나는 아니었다. 나는 그와 자는 것이 늘 불만족스러웠다. 처음에는 맞춰갈 수 있다고 생각했다. 그래서 연구했다. 그가 없는 동안에도 우리가 어떻게 하면 오래 즐겁게 연애를 할 수 있을지 고민했다. 고민은 실현으로 이어졌지만, 실현은 늘 실패로 돌아갔고, 결국은 안 하니만 못한 것이 되었다. 심지어 나는 치욕을 느꼈다. 그는 몰랐겠지만, 내가 그의 욕구를 풀어주기만 할 뿐이라는 생각이 들었다. 네가 어땠냐고 물어볼 때마다 나는 거짓말을 해야 했다. 좋고, 점점 나아지고 있다고. 그렇게라도 대답하지 않으면 우리의 미래는 불 보듯 뻔했으므로 나는 그에게 계속 좋다고, 좋을 거라고, 앞으로 좋아질 거라고, 더 좋은 일만 남았을 거라고 말했다. 그리고 그것은 무수한 노력에도 실패로 돌아갔기에 선한 거짓말이 되었다.

불행 중 다행으로 그는 늘 잠자리를 가지고 사진을 찍었다.

사진을 찍는다는 게 이상하게 들릴지 모르겠다. 그러나 나의 만족은 그게 아니다. 셔터를 누르는 순간이 오히려 우리를 하나로 묶어주는 어떤 지점이라고 생각했다. 사각형의 프레임에 담기는 그 순간은 그가 나를 포착하는 순간이다. 진정으로 그가 나를 안는 순간이다. 사실 잠자리로는 만족할 수 없었기에 사진이라도 찍혀야 뭔가 보상받는 기분이었다. 그는 침대에 맨몸으로 누운 나를 깔보며 플래시를 팡 터트렸고, 나는 그게 진짜로 내가 원하는 잠자리의 한 장면이라 느꼈다. 어떤 영화의 장면을 짧게 잘라놓은 것 같았던 그것은 내가 원하던 위대한 결말이었다. 그래서 나는 그를 위해 계속하여 몸을 마르게 했다. 사랑받고 싶었다. 그의 피사체로서 카메라에 예쁘게 담기고 싶었다.

하지만 사진으로 보상받는 일도 하루이틀이지, 덕분에 사진 보는 눈이 점점 높아졌던 나는 여러 작가를 알게 되었다. 세상에는 너무나 뛰어난 사람이 많다. 세상에는 너무나 감각적인 사람이 많다. 천재인데 공부까지 한 사람들이 많다. 그는 사진에 대해 정규 교육을 받은 것이 아니다. 가장 힘들 때 우연히 카메라를 사서 들고 다니다가 거리의 사진을 오로지 흑백모드로 찍고 그 사진들로 수상을 한, 감각적인 사람이다. 그래서였을지도 모른다. 나는 그가 머물러 있게 될까봐 불안해했다. 말라가는 만큼, 내가 좋은 피사체가 되기 위해 표정을 연습하고 의상을 샀던 만큼, 나를 더욱 만족시키려면 그는 조금 더 좋은 작가가 되어야 한다고 생각했다. 그래서 나는 그가 감각으로만 사진을 찍는 것을 점점 못마땅해했다. 정규 예술 교육을 받아야 더 발전할 수 있다고 생각했다. 그러나 그는 오만했다. "나는 안 배워도 돼" "사진은 고졸이어도 돼" "너는 왜 자꾸 내게 뭘 배우라고 강요해?"라고 말했다. 그래도 그때까지는 그가 찍는 작품의 형식이 다큐멘터리에 가깝다고 생각했다. 꾸미지 않는 사진, 있는 그대로의 사진이 그의 매력이라고 생각했다. 연출되지 않은 것에서 연출해내는 것이 그의 감각이라고 생각했다.

자신의 뷰파인더 안에서만큼은 천재였다. 날 거기 가둔 게 문제였지.

진짜 문제는 내가 그에게 기회를 주게 되면서 시작된다. 화려한 수상 경력으로 점철된 그와는 다르게 조용히 시를 쓰고 있던 어느 날 갑자기, 나는 한 통의 전화를 받게 된다. 나도 수상을 하게 되었다는 소식이었다. 나는 신이 나서 곧바로 그에게 프로필 사진을 부탁했다. 나는 기뻤다. 가장 사랑하는 사람이 나의 제일 중요한 사진을 찍어주다니. 이것은 우리 둘에게도 기회라고 생각했다. 드디어 작가와 피사체에서 작가와 피사체 작가가 되는 순간이 오게 된 것이다. 나는 흥분된 마음으로 촬영일을 기다렸다.

"소호야 준비됐어? 자연스럽게 찍자. 알겠지?"

그는 내 방에 조명을 설치했다. 카메라도 더 좋은 것으로 가져왔다. 아주 까다롭게 옷을 골랐고 나는 그가 시키는 대로 했다. 눈을 위로 치켜뜨거나, 눈은 슬프고 입은 웃는 게 좋겠다고 말했다. 나는 시키는 대로 고분고분 찍었다. 하지만 밤샘 노력에도 불구하고 맘에 드는 사진 단 한 장을 건지지 못했다.

"내일 다시 찍자."

우리는 여느 때처럼 잠자리를 가졌다. 이번에도 사진을 찍고 잠자리를 가졌다. 그런데도 좋지 않았다. 좋지 않았다고 말하는 데는 너무 큰 용기가 필요하다. 아무튼 용기를 내어 말한다. 그날은 정말로 좋지 않았다.

다음날 내가 부스스한 더벅머리로 부엌에서 시리얼을 먹고 있을 때 그는 갑자기 카메라를 들었다. 그리고 사진을 찍었다. 그리고 그가 너무 밝게 웃으며 말했다.

"소호야 됐다. 이게 진짜 네 모습이야."

"이런 거로 장난치지 마."

"진심인데. 날 믿어. 이것 봐. 네 시랑도 정말 잘 어울려."

프리뷰로 그가 보여준 내 모습은 정말로 피폐해 보였다. 진짜 내 모습이 이런 거라고? 진짜 내 모습은, 노숙을 며칠은 한 것 같은 여성 그 자체였다. 더벅머리였고 눈도 제대로 뜨지 않은 채 쭈그리고 앉아 손톱을 뜯고 있는, 심지어 아파 보이기까지 한 모습이었다. 그런데 그는 이게 나와, 내 시를 대변한다고 말했다. 갑자기 모든 걸 무시당한 기분이 들었다. 나의 수상을 뭐라고 생각하는 건지, 나에게 이게 얼마나 소중한 일인지, 그리고 얼마나 믿을 만한 사람에게 이 일을 부탁한 것이었는지 그는 전혀 모르는 것 같았다. 분명한 건 그의 결과물은 나의 글을 도통 어떻게 읽었는지 모를 정도의 형편없는 해석력을 보여주었다. 일차원적으로 페미니즘이 있는 시라고, 가정 폭력에 대한 이야기가 있는 시라고 작가를 저렇게 피폐하게 전시할 생각을 했다는 게 믿어지지 않았다. 그는, 내가 피사체로서 그에게 맞춰줬던 것은 까맣게 잊은 것 같았다. 이번에는 그가 나에게 맞춰줄 차례였으니까. 그에게 피사체 따위, 모델 따위는 물건에 불과한 입이 없는 정물이다.

왜 그동안 길거리나 간판이나 찍고 다녔는지 알 것 같았다.
길이나 간판은 입이 없지.
그러니까 의견도 없겠지.

하지만 난 입도 있고 손가락도 있다.

그래서 이제야 말한다.

네가 찍어준 프로필은 존나 구렸다.

하지만 그는 포기할 줄 몰랐다.

출판사에서 사진을 가져오라는 시간은 다가오는데, 본인이 찍은 그 초라한 내 프로필을 온 동네에 들고 다니며 "이게 진짜 이소호 아니냐"고 물었다. 프로필이 아니라 어디에도 보여주고 싶지 않은 이제 막 잠에서 깬 모습을 그는 전시했다. 여기저기 자신이 틀렸다는 것을 인정하기 싫었으므로 그는 계속해서 내 사진을 가지고 다니면서 말했다.

"가장 소호다운 모습이야. 누가 봐도 소호잖아. 이게 소호야. 이게 내가 아는 소호라고."

결국에 나는 거금을 주고 조명이 아주 완벽하면서도 포토샵으로 새 인생을 살게 해주는 스튜디오에 가서 프로필 사진을 찍었다. 나는 아주 아름답게 나왔고. 사람들도 프로필 사진이 너무 좋아서 책이 더 매력적으로 느껴진다고 했다. 프로필에서 나는 아주 맑게 웃고 있다. 작가라고 하면 찍어주는 대부분의 사진들처럼 옆모습이나 진지한 모습으로 찍히고 싶지 않았다. 우울한 시를 썼지만, 사진에서는 정면을 똑바로 응시하고 밝게 웃고 싶었다. 밝게 웃으며 "이깟 일들 아무것도 아니고 우리는 연대하고 이겨낼 수 있다"고 말하고 싶었다.

사진 한 장으로는 담을 수 없는 말이었는지도 모르겠지만 어쨌든 나는 원했다. 그리고 프로필을 전문으로 찍어주는 스튜디오에서는 당연히, 내가 원하는 대로 찍어주었다. 스튜디오 작가는 내게 밝게 가능한 한 밝게 웃으라고 했다.

"작품이 좀 어두운데 이렇게까지 밝게 웃어도 될까요?" 내가 묻자 "작가는 작가고 작품은 작품이지요. 뭐든 자기 자리에서 잘하는 게 무조건 최고예요. 시는 시대로 최고로 잘 쓰시면 되고, 프로필은 프로필대로 제일 잘 나온 걸 선택하세요"라 답했다.

어쨌거나. 그때 우리는 헤어졌다. 그는 능력자가 아니었다. 에이스도 아니었다. 실력자도 아니었을뿐더러, 지식을 필요로 하지 않는 오만함까지 갖추고 있었다. 그러니까 그는 그냥 감각적이면서 단지 운이 좋은 사진기를 든 남자였다. 그래서 그가 찍은 사진은 우연히 아주 순간적으로 포착되었을 때가 가장 아름다웠다. 아무것도 꾸미지 않고, 아무것도 기대하지 않고 그냥 걸어가는 나의 뒷모습이라든가, 풍경 너머로 비친 어떤 장면을 찍을 때, 우리는 아름다울 수 있었다.

나는 가끔 그와 연락한다. 잘 지내냐고 물으니 잘 지내고 있는 것 같았다. 그는 여전히 거리의 사진을 찍는다. 그는 내 이름을 보면 무엇을 떠올릴까. 사실 나는 자주 그와 침대에 누워 서로가 맨몸으로 뒤엉킨 채로 플래시를 팡 하고 터트렸던 때를 생각한다. 그것이 우리의 절정이었지. 내가 빌려준 문장으로 네가 사진을 찍고 나는 네가 포착한 이미지로 시를 쓸 때. 그게 우리의 진정한 잠자리였지. 그런 생각을 했다. 그래서 나는 네가 그 모습을 진정한 나라고 했을 때 실망했었다. 나는, 나는 언제나 너를 위해 최선을 다했다. 언제나 실망시키지 않으려고 애썼다. 침대에서 일어나는 일은 전부. 그는 나를 그렇게 보고 있었던 것이다. 그래서 슬펐다. 너는 내게 예쁜 사진이랍시고 골라주었지만 그에게 나는 그런 모습이었다는 것을, 엿본 순간이었다.

나 역시 밝힌다. 카메라에 한쪽 눈을 빼앗긴 그때의 네가 가장 아름다웠다. 아무것도 하지 않고 오직 셔터를 누르던 그때 그 순간. 그것이 유일무이한 우리의 평화였다.

우리가 일찍 헤어진 이유는, 셔터를 누르는 그 순간이 너무 짧았기 때문이다.

진실을 말하는 일은 아프다.

나는 이 글을 쓰며 아프다.

이 글을 읽을 당신의 마음을 짐작해본다.

나는 너무했다. 나는 여러모로 잘못했다.

당신은 늘 그랬던 것처럼 단지 나를 프레임에 가뒀을 뿐인데 말이다.

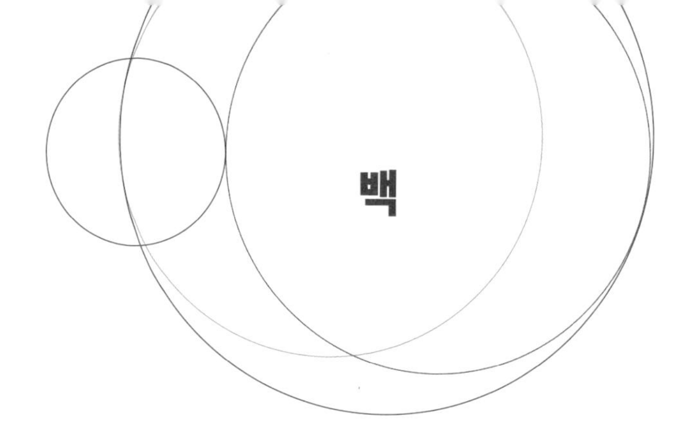

백

"지금 마시는 맥주 이름이 뭐예요?"

그는 나의 옆자리에 앉아 있었다. 우리는 서로 이름도 하는 일도 몰랐다. 우연히 옆에 앉아 있다는 이유 하나만으로 의무적으로 말을 섞었다. 몇 시간이 지나서야 우리는 몇 개의 공통점을 발견했다. 그는 이미지를 다루는 사람이라는 것. 서울에 산다는 것. 혼자라는 것. 그거면 충분했다. 서로의 얼굴을 단 한 번도 마주본 적 없는 채로, 우리는 다음날 그의 작업실에서 만나기로 했다.

그는 아마추어 사진작가였다. 외국에서 우연히 산 카메라로 찍은 사진으로 상을 몇 번 받으면서 활동을 시작했고, 주로 의자를, 사람을, 도시 곳곳에 숨겨진 기하학적 무늬를 찍었다. 오로지 흑백으로 찍은 그의 피사체들은 하나같이 홍콩 영화의 한 장면처럼 음울했다. 음울했지만 그로 인해 선명한 선을 가진 피사체들은 어쩐지 그림처럼 보이기도 했다. 그는 조금 더 좋은 사진을 찍으려면 조금 더 어두운 장소가 필요하다고 말했다. 좁고 어둡고 은밀해서 오로지 우리의 목소리만 들리는 곳.

우리는 당신의 암실로 들어갔다.
어둠 속에서야 가까스로 보이는 것들에 대해 나누었다.
사진을 찍을 수 있는 것도 망칠 수 있는 것도 빛이라고 했다.
우리는 빛이 들까 서로 조심했다.
깜깜 서로의 형상을 그리며 짐작했다.

그것이 우리의 시작이었다.

그는 사진을 좋아하기도 했지만, 활자와 책을 참 좋아했다. 그래서 나를 더 사랑했는지도 모르겠다. 며칠 만에 쉽게 사랑에 빠져버린 우리 둘은, 사진과 글을 매개로 도톰해졌다. 그는 내 책장에 꽂힌 책들을 매일 빌려 가서 읽고 돌려주기를 반복하며 우리집을 들락거렸고 나 역시 그에게 모델이 되어주겠다는 마음으로 우리집으로 불러들였다. 어느새 내 방은 아주 비좁은 나의 작업실이자 당신의 작업실이 되었다. 어느 날 그가 조명기기 전부와 사진기 두 대를 우리집에 가져다놓은 순간부터 나는 성실한 그의 모델이 되었다. 나는 누군가를 혹은 나를 대상화하여 글을 쓰는 일은 익숙했지만, 누군가에게 대상화가 된다는 것은 쉽지 않았다. 그러나 나는 그를 사랑했다. 그를 위해서는 뭐든 할 수 있었다. 그가 한쪽 눈을 감고 카메라를 들이댈 때 나는 활짝 웃었다.

셋 둘 하나.

카운트에 따라 정지된 시간들.

"나는 시간이 이대로 정지해버렸으면 해. 셔터를 누르는 순간은 정말 짧아."

"불안해하지 마. 소호야. 기록은 영원히 남아. 여기, 카메라에 남으니까 괜찮아. 우리는 영원한 시간을, 순간이 영원이 되는 그 모든 순간을 나눌 수 있어."

그러나 나는 끊임없이 불안했다.

햇빛이 모든 것을 망칠 것 같다.

빛은 모든 것을 망친다. 책도, 사진도.

빛은 과연 우리에게 행복일까?

빛 따위는 평생 볼 것 같지 않은 채로 어둠 속을 걷는 무명의 예술가인 우리 둘은 역시 남는 게 시간뿐이었다. 우리는 각자의 엄마 카드로 삶을 연명했다. 작품에 쓸 자원은 부모님의 주머니에서 나왔다. 그거라도 없으면 우리는 일주일 만에 헤어졌을 것이다. 전시나, 카페는 꿈도 꾸지 못했을 것이다. 그래서 나는 그와 함께 미술관을 갔다가, 근처의 멋진 카페로 가서 그가 찍어둔 사진을 보고 시가 될 문장들을 메모했다. 그러나 아무리 노력해도, 우리의 자리는 그대로였다. 사진 수천 장이, 단어 수천 개가 있다가 사라졌다.

태어나보지도 못하고 사라지는 것들에 대해서 골몰했다. 쉽게 이름을 얻는 작가들을 보면서 우리는 감히 비하했다. "저 사람들이 우리 자리를 차지하고 있다는 생각이 들어. 우리는 이렇게 재능이 많은데." 내가 그렇게 말하자 그는 씁쓸하게 웃었다. 예술의 세계는 냉정하다. 재능이 많아도 타이밍이 안 맞으면, 평생 고생만 하다가 영광은 보지도 못한다. 천재 한 사람이

독식하는 그 예술의 세계에서 나는 비켜 있다. 역시 세상의 조명 없이는 우리의 작업은 한낱 헛짓거리에 불과했다. 시간과, 감각을 온통 쏟아도 아무도 우리를 봐주지 않는다면 우리는 그 자리에 영원히 머물며 이름을 얻을 수 없다. 이대로 갑자기 죽게 되면 마치 신원 미상의 무엇처럼 이름도 없이 아무데서 소비될지 모른다고 생각했다. 나는 구글링으로 아주 쉽게 찾고 소비될 수 있는 갈기갈기 찢긴 어여쁜 글귀로, 너는 저작권 프리로 여기저기 아무데나 얹혀 홍보 디자인에 이용될지도 모른다고 생각했다. 상상만으로 끔찍했다. 원래 세상이 전부 노력 대비 뭐가 된다면 얼마나 좋았을까. 나는 여러 날 자주 절망했다. 특히 내가 다른 작가들을 만나고 온 날이면, 눈앞에서 수치를 당하거나 모멸을 받고 오면 더 그런 생각이 들었다. 분노와 슬픔에 사로잡힌 나는 그의 품에 안겨 물었다.

"우리는 언제 이름을 얻을 수 있을까."

"빛이 있는 곳으로 가야지, 우리가."

"혹시 우리 작품들이 음울해서 아무도 빛으로 끌어다주지 않는 게 아닐까?"

"음울의 최고가 된다면, 그것으로 또 빛나겠지."

나는 그와 연애하는 동안 첫번째 시집의 2부를, 5부를 썼다. 진정으로 어둠을 쓰기 시작했다. 폭력은, 진짜 폭력은 무엇일까 골몰했다. 나는 어둠이 되고 싶었다. 내가 그림자가 되어 그것도 가장 진한 그림자가 되어 빛으로 가고 싶었다. 무엇이든 그런 법이다. 해가 뜨기 전이 가장 어둡고 빛이 가장 뜨거울 때 나를 비추는 그림자도 가장 어두운 법이다. 흐릿한 형상으로는 무엇도 사로잡을 수 없다. 나는 선명하게 눈에 들고 싶었다. 짙게 더 짙게 더는 앞을 볼 수 없는 곳으로 가기 위해. 나는 썼다.

그사이 그의 작품도 점점 어두워졌다. 그는 조금 더 기하학적인 무엇을 찾기 시작했다. 나는 그의 성실한 모델이었으므로 그가 시키는 대로 피사체로서 최선을 다했다. 나는 엉망의 인간을 연기했다. 당신이 원한다면 다 할 수 있었다, 어둠의 인간. 조명도 없이 어둠 속에서의 최소한의 움직임. 당신의 멈추라는 고함. 그것이 우리가 사랑하는 방식이었다.

그렇게 고생을 하던 어느 날, 먼저 빛을 본 것은 나였다. 호주에 동생을 만나러 갔을 때, 김수영문학상 수상 소식을 듣게 되었다. 그는 자신의 일처럼 뛸듯이 기뻐했다. 그 모습을 보는 나도 행복했다. 그러나 그것도 잠시. 이후 모든 것이 바뀌었다. 초조해진 그는 언제나 근심이 가득했다. 이것저것 해보겠다던 프로젝트도 엎어지고 우리는 같은 날짜로 다른 하루를 살았다. 더는 아름답지 않았다. 나는 조마조마 눈치를 봐야 했고, 그는 어떠한 마음도 내색하지 않았다. 탓도 사치였다. 다만 자주 침묵이 내렸다. 가끔 나는 달라진 우리 관계를 직감하며 이불 속에서 글썽였다. 그는 한참을 토라진 내 등만 보았으리라. 보고도 모른 척했으리라. 두 발을 나란히 겹쳐두고 다정히 그의 어깨를 토닥이며 최대한 마음이 다치지 않을 거짓말을 늘어놓았다. "괜찮아. 더 좋아질 거야."

그는 더는 셔터를 누르지 않았다. 그의 세계에서 나는 멈추지도 움직이지도 않았다. 달라진 관계 달라진 시간, 그 사이를 꽉 채운 지지부진한 싸움 끝에 우리는 깨달았다. 그 빛이, 아주 작은 빛이 우리 사이에 들었다는 것을. 처음처럼, 우리는 다시 암실에 들어갔다. 나는 결국 보고야 말았다. 어둠 속에서 비로소 선명하게 볼 수 있었다. 이미 망쳐버린 한 장의 우리를.

빛바랜 얼굴을 한 채로 그는 말했다.

"소호야."

그는 늘 내 이름을 부른다. 소호야 하고. 왜? 물으면 아무 말도 하지 않는다. 이상하게도 그다음 말을 그때는 알 것 같았다. 그렇게 우리는 헤어졌다.

그리고 몇 년이 지났다.

나는 그를 잊고 살았다.

빛 속에서는 어둠을 걱정할 필요가 전혀 없다.

좋은 친구가 되자는 말로 헤어진 우리는 아주 오랜만에 마주 앉아 밥을 먹었다. 내가 아무것도 모르는 사이에 이번에는 그가 이름을 얻은 것 같았다. 굉장히 여유로운 모습으로 꽤 비싸고 맛있는 음식들을 잔뜩 시킨 뒤, 자신의 이번 작업에 대해 설명했다. 그는 해시태그 운동을 만들어 홍보 기사까지 나고, 거기에 신진 사진작가 그룹을 만들어 해외에서도 국내에서도 입지를 다진 것 같았다. 처음부터 쭉 고집했던 흑백사진 하나로 거기까지 밀고 나갔다는 게 진심으로 보기 좋았다. 나는 웃으며 너무 잘됐다고 말했다.

그는 마지막으로 만났을 때보다 한결 밝아 보였다. 그때의 그는 정말 불안하고 아파 보였기에, 나는 가끔 그를 떠올렸었다. 그래서 물었다.

"그렇게 원하던 이름을 얻어보니 어때?"

"좋아. 그때 네가 왜 들떴는지 이제 알겠어."

"앞으로의 작업도 잘될 것 같아?"

"응. 잘될 것 같아."

"잘되어서 다행이야. 우리 정말 절망적이었는데."

"그러게. 한 치 앞도 알 수 없는 어둠을, 우리는 헤매고 있었는데."

그 말에 나는 우리가 했던 데이트 중 가장 인상적인 하루를 기억해냈다.

우리는 2월의 어느 날 서촌의 체험 전시 〈어둠 속의 대화〉에 참여했다. 작품은 시각을 차단한 채 나머지 감각을 오롯이 이용해서 밖으로 나와야 하는 것이었는데, 그는 그때도 어둠을 참 무서워했다. "소호야. 소호야." 끊임없이 주저앉아서 나를 찾았다. 그는 걸음걸음 굉장히 굳은 마음을 먹고 용기를 가지고 발을 내딛는 것 같았다. 나는 그보다는 그나마 상대적으로 어둠에 대한 공포가 조금 덜했던 탓에, 소리를 지르는 그를 이끌고 달래며 아주 기나긴 어둠 속을 빠져나왔다. 열 시간 같은 한 시간 남짓의 체험이 끝나고 나왔다.

"너는 무섭지 않았어?"

"나도 무서웠어. 어두운 건 영 겁이 나."

"그런데 어떻게 그렇게 씩씩하게 나와?"

"다치더라도 빨리 빠져나올수록 빛을 빨리 볼 수 있으니까."

우리는 식사를 마치고 술에 만취한 상태로 익숙하게 같이 택시를 탔다. 나는 조심스럽게 말을 꺼냈다.

"이번 시집에도 네가 나와. 첫 시집처럼 네가 찍은 내 사진이 하나 실릴 거야. 전에 말했었는데 기억하고 있지?"

"알고 있지."

"그게 아마 너와 나 사이의 마지막 작업이겠다. 그렇지?"

잠시 전과 같은 침묵이 내렸다.

"아쉽네. 재미있었는데. 우리."

그렇게, 그는 내 두번째 시집에 마지막으로 실린다. 활자로, 사진으로. 당신은 이제 우리를 무슨 사이라고 부를 수 있을까. 친구의 명분도, 동료의 의미도 사라져버린 우리는 이제 무엇일까. 우리는 이제 단둘이 밥을 먹을 일도, 함께 미술관에 가거나 커피를 마실 일이 없을 것이다. 한낮의 따사로운 햇살을 받으며 내 책장의 시집을 읽다가 잠든 네 모습을 보고 단어를 떠올리던 일은 진정으로 더는 있을 수 없는 일이 되었다. 그날 네가 사주는 밥과 술을 먹고 돌아오는 길에 확신했다. 내가 가려는 길과, 그가 가려는 길이 극명하고 명확하게 보였다. 흑백사진처럼 빛과 어둠이 확실하다. 암실에서 너와 나를 하나로 만들었던 그 어둠은 아주 작은 틈새로 파고든 빛으로 '우리'의 형상을 날렸지만, 각자의 자리를 찾은 지금에서야 우리는 빛 사이에서 빛난다. 그러니까 만약 우리가 다시 만나려면 그 빛을 피해 반대로 걸어 어둠 속에서 만나야 한다. 다시 어둠에서 더듬더듬 서로를 그려야만 한다.

그러나 우리는 이제 그럴 이유가 없다. 멀리 있을 때 아름다운 사이가 있는 법이다. 우리는 절대로 다시 만나서는 안 된다. 순간적인 감정에 휩쓸려 잠시라도 어둠으로 되돌아 걸어서는 안 된다. 앞으로도 그걸, 그 소중한 거리를 지켜내야만 한다. 그래야 지금처럼 살아갈 수 있다. 지금 우리는 서로의 어둠이 자신을 파고들까 탓하던 시절을 지나, 각자의 빛 아래 안전하게 있다. 역시 '어둠 속의 대화'는 전혀 쓸모없지 않았다. 어두운 긴 터널을 빠져나왔던 그때처럼. 우리는 해냈다.

사랑을 잃고 나는 쓰네

기형도의 시 「빈집」의 첫 문장이다
나는 이 문장을
산문을 쓰는 내내 훔치고 싶었다

에필로그

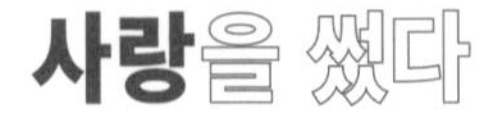

문장을 종이에 새기면서 가장 많이 들었던 생각은 나는 실패하지 않았다는 사실이었다. 모든 사랑이 이루어지지 않으면 슬플 것이라던 동화 속 이야기와는 많이 달랐지만 나쁘지 않았다. 실전은 배움의 연속이었다. 20대의 사랑이 롤러코스터를 타는 기분이었다면, 30대에 들어선 내 사랑은 굉장히 안정적이고 신중했고, 그랬기에 닥쳐왔던 모든 일에 울지도 웃지도 않았다. 더 잘 지내고 싶었다.

나의 사랑은 복잡하고 신기하며 어쩔 때는 납작했고 남루했고 슬펐고 끔찍했다. 그러나 지나고 보니 나는 그 사이에 성장하게 되었다. 연애는 내게 그 사람의 취향으로 살아보는 것을 뜻한다. 맞춰주고 주는 것에 익숙한 나는, 그것이 못내 억울하기도 하였지만 하나의 몸처럼 그의 삶을 내 취미로 삼았다. 그랬기 때문에 어떻게 보면 '그들'은 사실 바로 나 자신이다.

이 산문들은 오로지 나의 시선으로 쓰였다. 인간의 기억력은 온전히 자신을 향해 있다. 유리하게 합리화한다. 내 죄는 다 잊고 지난 내 사랑을 가득 채우던 그 모두가 나쁜 놈이 된 것처럼. 지나고 보니 그들은 그냥 나와 같은 한 명의 인간이었다. 그냥 맞지 않았던 것뿐이었다.

사랑은 순전히 이기적인 서사로 이루어져 있다. 사이사이. 나는 그들을 생각한다. 그리고 온갖 자리에서 그들을 욕하며 다녔지만 지금 다시 말할 수도 있다. 그들 덕에 나는 성장했다. 이제 더 좋은 사람을 만날 수 있을 것 같다.

나를 사랑하지 않는 사람에게

초판 인쇄 2021년 12월 16일
초판 발행 2021년 12월 23일

지은이 이소호

기획·책임편집 박선주
편집 이희숙 김정현
디자인 김선미
제작 강신은 김동욱 임현식
마케팅 채진아 유희수 황승현
홍보 김희숙 함유지 이소정 이미희

펴낸이 이병률
펴낸곳 달 출판사
출판등록 2009년 5월 26일 제406-2009-000034호

주소 10881 경기도 파주시 회동길 455-3
dal@munhak.com
dalpublishers

전화번호 031-8071-8683(편집) 031-8071-8671(마케팅)
팩스 031-8071-8672

ISBN 979-11-5816-142-2 03810